# NON STOP

D1726438

Phil Stardust

# *Im Dunkel der Nacht*

Roman

**NON STOP**

NON STOP
Nr. 23699
im Verlag Ullstein GmbH,
Frankfurt/Main – Berlin

Neu eingerichtete Ausgabe

Umschlagentwurf:
Theodor Bayer-Eynck
Foto: Charity Bell/BAVARIA
© 1970 by Verlagsgesellschaft Frankfurt
Alle Rechte vorbehalten
Printed in Germany 1995
Gesamtherstellung:
Ebner Ulm
ISBN 3 548 23699 5

Juli 1995

Die Deutsche Bibliothek – CIP-Einheitsaufnahme

**Stardust, Phil:**
Im Dunkel der Nacht : Roman / Phil Stardust. –
Neu eingerichtete Ausg. – Frankfurt/Main ;
Berlin : Ullstein, 1995
(Ullstein-Buch ; Nr. 23699 : Non-stop)
ISBN 3-548-23699-5
NE: GT

# 1  Arnold Fentis

Ich bin eine Seltenheit: ein echter Kalifornier. Ich wurde in Berkeley geboren, wo mein Vater ein kleines Lebensmittelgeschäft hatte, wuchs als einziges Kind auf, glaube aber nicht, daß ich zu sehr verhätschelt oder verwöhnt wurde. Glücklicherweise neigten meine Eltern weder zu übertriebener Großzügigkeit noch zu Tyrannei. Man kann sich kaum eine Situation vorstellen, in der ein Junge eine glücklichere Kindheit gehabt haben könnte; mein Elternhaus war ordentlich, meine Eltern vernünftig. Deshalb können die Ärzte, die diesen Bericht lesen und mich als Wüstling oder seelisch Gestörten bezeichnen, dies wenigstens nicht auf mein Elternhaus zurückführen.

Ich mochte die Schule, meine Lehrer mochten mich, obwohl meine Noten nur durchschnittlich waren. Ich trieb gerne Sport, wahrscheinlich, weil ich darin gut war.

Ich war ungefähr dreizehn, als mir zum ersten Mal aufging, daß Mädchen besser als Jungen aussahen, rochen und sich netter anfühlten. Das war eine monumentale Entdeckung. Ich war mit einer Begeisterung hinter ihnen her, die nur durch eine plötzliche Schüchternheit und

Verlegenheit, die ich in ihrer Gegenwart spürte, gemäßigt wurde. Aber die erste, bei der ich es schaffte, zu etwas zu kommen, stellte mich vor ein entsetzliches Problem, weil wir beide nicht die blasseste Ahnung hatten, was wir nun eigentlich miteinander anfangen sollten.

Margie war jung und reizend wie ein kleines Kätzchen. Eines Abends nach der Schule lockte ich sie in eine Garage hinter unserem Haus, wo wir recht selbstbewußt ein wenig herumküßten und schmusten; schließlich, nach vielem Hin und Her, erlaubte sie mir, ihr Kleid hochzuheben, die Höschen herunterzuziehen und einen raschen Blick auf ihre süße kleine Muschi zu werfen. Darauf setzte ich meine Hosen auf Halbmast und ließ sie ihren ersten steif pochenden Kleinjungen-Pimmel sehen.

Und das war alles, was wir taten, wir waren über unsere eigene Kühnheit so erschrocken, daß wir nicht schnell genug wieder auseinander kommen konnten. Als ich diese Nacht jedoch in meinem Zimmer lag, dachte ich an ihre lieblichen schlanken Schenkel und stellte mir ihre reizend geformte, verführerische Pussy vor, wobei ich wie verrückt wichste.

Es vergingen Jahre, ehe ich noch einmal einem dieser berauschenden Geschöpfe so nahe kam. Ihr Name war Cherry, sie war ein Jahr jünger als ich, aber älter, viel älter...

Im Hinterhof war ein Baumhaus, das ich mir gebaut hatte, als ich zwölf war. Cherry hatte das Verlangen, zu sehen, wie es innen war, also stiegen wir hoch und krabbelten durch die kleine Tür. Es roch etwas dumpf und es war eng, so eng, daß sie beim Sitzen das Kinn unter die Knie nehmen mußte und so die Unterseite ihrer Schenkel enthüllte. Außerdem wurde die ungeheuer erregende

6

Tatsache enthüllt, daß sie keine Unterwäsche trug. Sie sah, wo meine Aufmerksamkeit sich konzentrierte, nahm mit einem wissenden Lächeln meine Hand und legte sie fest auf ihre warme, feuchte Muschi. Sie küßte mich, und diese Küsse waren ganz anders als die kunstlosen Zärtlichkeiten, die ich mit Margie getauscht hatte. Ich zitterte wie ein Hündchen im Schneesturm, als sie meine Hosen öffnete, meinen Kleinen herausholte und ihn geschickt befummelte und streichelte.

Es war unmöglich, in dieser engen Umgebung etwas zu machen, also kletterten wir wieder hinunter und gingen in die Garage, die an einem Ende zu einem Lagerraum abgeteilt worden war. Und zwischen dem Gerümpel, das hier herumlag, war auch eine alte Matratze, die wir auf dem Boden ausbreiteten, uns auszogen und darauflegten.

»Küß meine Brüste«, wies sie mich an.

Sie waren klein, schöne Kugeln aus festem, glattem Fleisch, die Warzen waren wie winzige rosa Türmchen. Ich küßte sie eifrig, während sie mich weiter unten streichelte.

Sie lehrte mich, ihre Oase zu befingern. Weiter küßten wir uns, masturbierten uns gegenseitig, bis unsere Erregung den Siedepunkt erreichte. Als sie mich drängte, sie zu besteigen, krabbelte ich eifrig, aber ungeschickt zwischen ihre Beine. Sie beruhigte mich so weit, daß ich besser zielen und wirklich in sie hineinkommen konnte. Natürlich machte ich es viel zu ungelenk und zu schnell, es kam mir schon, als sie lange noch nicht soweit war, aber sie war sehr verständnisvoll und geduldig mit mir. Als wir uns auf die zweite Runde vorbereiteten, gab sie mir rasch eine Kurzlektion in der Kunst der Unzucht, und ich glaube, daß ich es diesmal viel besser machte, auch wenn es mir wieder vor ihr kam. Es schien sie nicht zu stören, und sie zeigte mir, wie ich sie mit den Fingern zum Orgasmus bringen konnte.

Wir ruhten uns aus, lagen einfach nur da und spielten miteinander. Als sie so dalag, als die feinen Sonnenstrahlen, die durch die Spalten in der Wand kamen, goldene Streifen über ihren Körper legten, dachte ich, sie sei das Schönste, das ich jemals gesehen hätte.

Als die Garagentür sich plötzlich öffnete, wäre ich vor Angst fast gestorben. Ich glaubte, es wäre mein Vater, der früher aus dem Laden gekommen war. Aber es war Ed Stone. Ed Stone mochte ich nicht. Er war so alt wie ich, aber größer, roher und gemeiner.

»Aha!« rief er triumphierend aus. »Hab ich euch erwischt! Warum gibste dem Arny was und mir nichts?« wollte er von Cherry wissen.

Sie zuckte die Schultern. Sie hatte sich nicht bewegt und auch keine Anstalten gemacht, ihre Nacktheit zu bedecken. »Ich mach's mit den Kerlen, mit denen ich's machen will«, sagte sie ruhig.

Er stierte sie an. »Jetzt fang aber lieber an und mach's gern mit mir, Schätzchen. Wenn du das nicht machst, sag ich's nämlich. Arnys Mami steht am Küchenfenster. Ich brauch nur zu brüllen.«

Hier, dachte ich mit wild klopfendem Herzen, ist meine Chance, ein Held zu sein wie im Fernsehen. Ich würde jetzt auf die Füße springen und Ed mit einem einzigen gewaltigen Schlag in sein häßliches Gesicht umhauen. Mein nächster Gedanke war etwas realistischer. Ed war größer und stärker als ich. Ich beschloß, auf der Matratze liegenzubleiben und ihn entweder durch Reden oder einen Bluff davon abzuhalten, es mit meinem Mädchen zu machen.

»Mit dem mußt du gar nichts tun«, versicherte ich Cherry. »Er versucht nur, uns einzuschüchtern.« Ich warf Ed einen Blick zu, den ich hoffnungsvoll für furchteinflößend hielt.

Er beachtete mich nicht. Er machte seine Hosen auf, holte sein Ding heraus und grinste Cherry an. Eifersucht durchfuhr mich wie ein Blitz, als ich sah, daß seine Erektion beinahe doppelt so groß war wie meine. Ich sah Cherry an und sah, daß ihre Augen glänzten, mehr aber aus Interesse als vor Furcht.

»Ach, ich kann's eigentlich auch machen«, sagte sie beiläufig. »Los, Ed, bringen wir's hinter uns.«

Ich geiferte und protestierte, aber die beiden beachteten mich jetzt nicht mehr, also gab es für mich nicht mehr zu tun, als trostlos auf einem leeren Nagelkasten zu sitzen und zuzusehen, wie Ed meinen Platz auf der Matratze einnahm. Als er genug mit ihr gespielt hatte und sie bestieg, kam mir der Gedanke, daß das die Gelegenheit sei, etwas Schweres aufzuheben und dem Schweinekerl über den Kopf zu hauen. Aber das tat ich nicht. Ich ließ es auch weiterhin bleiben, weil ich entdeckte, daß es fast genauso faszinierend war, den beiden zuzuschauen, als würde ich es selbst tun. Als ich sah, wie Eds Hintern rotierte und Cherry Hüften die passenden Bewegungen machten, erkannte ich, was ich für ein täppischer, ungeschickter Kerl gewesen war, und schämte mich für die schwache Vorstellung, die ich zuvor gegeben hatte.

Und noch etwas geschah. Ich spürte ganz deutlich die ungeheure Erregung, die nur durch das Zusehen bei einem Geschlechtsakt entsteht, mein Kleiner war so hart, daß meine Kugeln wehtaten.

Wie ein Zuschauer, der sieht, wie der Stürmer seiner Mannschaft in den gegnerischen Strafraum kommt und ein Tor schießt, wollte ich Hurra schreien, als Cherry einen wilden Orgasmus erreichte und Ed gleich nach ihr kam. Keuchend fiel er über sie, blieb eine Minute liegen, rollte dann herunter; er war immer noch aufgerichtet und glänzte naß.

Er grinste mich an, und das Grinsen war freundschaftlich. »Komm, Kleiner«, bot er nachsichtig an, »du kannst ja auch noch mal.«

Ich verlor keine Zeit mit Überlegungen. Als mein Schwanz rasch und leicht hineinglitt, lächelte Cherry zu mir hoch, schläfrig und zufrieden wie eine wohlgenährte Katze. Ich versuchte, mich an alles, was sie mich gelehrt hatte, zu erinnern, auch an Eds Technik, und ich glaube, ich bot eine ziemlich ordentliche Vorstellung. Ich war unglaublich stolz, als ich ihr einen herrlichen Orgasmus bereitete.

Als ich von ihr heruntergestiegen war, lagen wir drei auf der Matratze, Cherry in der Mitte. Ed hatte Zigaretten. Er bot mir eine an, und wir rauchten, während Cherry mit unseren Kerlchen spielte.

Nun, Ed wurde zu meinem besten Freund, der für lange Zeit Cherrys Gunst mit mir teilte. Als wir älter wurden, teilten wir andere Sachen, Gesöff, ein altes Auto, das wir zusammen gekauft hatten, und alle Mädchen, die wir kriegen konnten.

Als ich zur Armee eingezogen wurde, meldete Ed sich freiwillig. In Korea waren wir in der gleichen Abteilung. Beinahe hätten wir gemeinsam den Tod gefunden, aber diesen Weg mußte Ed allein gehen. Ich weinte wie ein kleines Kind, und als sie mich nach Japan auf Urlaub schickten, besoff ich mich und nahm ein Hurenhaus auseinander, alles aus reiner Verzweiflung.

Dreiundzwanzig war ich, als ich nach Hause kam, brachte Wunden, einen Tripper und den Entschluß mit, Ingenieur zu werden.

Am College gab es Mädchen, und ich verpaßte keine Chance. Glücklich entdeckte ich, daß jede ein wenig hübscher und noch mehr sexy war als die vor ihr: es kam mir schändlich vor, daß man, wo Muschis doch besser waren als alles andere im Leben, so viel Zeit mit Studieren verschwenden mußte.

Als ich Paula begegnete, war ich achtundzwanzig und arbeitete als junger Ingenieur bei Lockheed. Sie war im Personalbüro angestellt, zwei Jahre älter als ich und Witwe. Das kümmerte mich einen Dreck. Am ersten Tag, als ich mit meiner Bewerbung im Personalbüro stand und ihre schlanken Beine durch das Büro huschen sah, verliebte ich mich wahnsinnig in sie. Als sie mich anlächelte, war ich so durcheinander, daß ich noch nicht einmal meinen Namen buchstabieren konnte. Sie hatte blaue Augen, braune Haare, große Brüste und die zierlichste Taille, die ich je gesehen hatte. Ich hielt sie für die schönste Frau auf der Welt und nach acht Ehejahren glaube ich das immer noch.

Es ging nicht leicht mit ihr. Es dauerte zwei Monate, bis sie sich mit mir verabredete, noch einmal zwei Wochen, bis ich sie ins Bett bekam. Sie war himmlisch! Ich hatte geglaubt, ich wüßte alles über Sex. Teufel! Ich war immer noch ein dummes Kind, das auf einer Nagelkiste saß und zusah, wie Ed es trieb.

Ich brauchte nicht lange, bis ich erkannt hatte, daß der Ring, den ich auf Paulas Finger geschoben hatte, sie nicht notwendigerweise davon abhielt, sich weiterhin an der Konkurrenz zu beteiligen. Wo immer sie ging, starrten die Männer sie an, pfiffen, wenn sie meinten, daß sie es sich erlauben konnten, und bei Cocktailparties gab es immer irgendeinen Wolf, der ihr Anträge machte oder sogar versuchte, sie ins nächste Schlafzimmer zu locken.

Das Teuflische an der Sache war, daß ich aus ihren offensichtlichen Reaktionen auf solche Avancen nicht ersehen konnte, wie sie sich als Mittelpunkt der männlichen Verehrung fühlte. Auf jeden Fall benahm sie sich nicht so, als sei sie beleidigt. Sie lachte nur, aber es war dieses unbeteiligte Lachen, das beinahe alles bedeuten konnte. Im Innern war ich sicher, daß sie mich noch liebte, gleichzeitig jedoch hatte ich den unbestimmten Verdacht, daß sie es wirklich genoß, auch von anderen Männern bewundert und angehauen zu werden. Ich wollte wissen, ob ich ihr vertrauen konnte, wollte aber nicht zu tief bohren, weil ich fürchtete, herauszubekommen, daß ihr nicht zu trauen war.

Wir hatten im Fernsehen das Spätprogramm gesehen, so eine klebrige Dreiecksgeschichte, und es war mir schwergefallen, wach zu bleiben.

»Arny«, sagte Paula, als ich den Kasten ausmachte, »was würdest du tun, wenn uns das passieren würde ... wenn ich mit einem anderen Mann schlafen würde?«

»Teufel noch mal, das weiß ich nicht«, antwortete ich gähnend. »Warum? Willst du einen Seitensprung machen?«

»Ich habe es erwogen.«

»*Was?*« Jetzt war ich nicht mehr schläfrig.

»Ist dir noch nie klar geworden«, fragte sie mich, »daß eine Frau nicht aufhört, eine Frau zu sein, wenn sie verheiratet ist? Du hast ganz schön viel Abwechslung gehabt, ehe du mir begegnet bist. Hast du niemals auch nur die klitzekleine Idee gehabt, mal jemanden umzulegen, der ganz anders und ganz neu ist?«

»Himmel, nein! Du redest Unsinn. Ich liebe dich.«

»Ich liebe dich auch, aber flunkere die Mami nicht an. Ich habe schon gesehen, auf welche Art du dieses Gänschen im blauen Kleid bei der Meadows-Party beguckst hast.«

»Ach, das ist doch was anderes.«

»Wirklich? Ich war eine Zeitlang mit Tom Meadows allein in der Küche. Er hat mich geküßt, und ich habe mich von ihm befummeln lassen. Ich *wollte* ihn, Arny. Das soll nicht heißen, daß ich dich nicht mehr liebe, oder daß ich dich seinetwegen verlassen würde, auch wenn er nicht verheiratet wäre. Erzähl mir nur nicht, du hättest dieses Püppchen im blauen Kleid nicht geküßt, wenn du die Gelegenheit gehabt hättest, die ich mit Tom hatte.«

Die halbe Nacht stritten wir uns darum. Die andere Hälfte der Nacht verbrachten wir damit, uns wie verrückt zu lieben, so war es eine gute Sache, daß am nächsten Tag Samstag war und ich nicht zu arbeiten brauchte. Ich schlich im Haus herum, trank eine Menge und fühlte mich miserabel, aber tief in mir war ein eigenartiges, komisches Nagen. Ich konnte es nicht erklären, und es wollte auch nicht weggehen, aber, was immer es auch war, es hielt mich in einem Zustand dauernder sexueller Erregung.

Schließlich nahm Paula mich bei der Hand und führte mich ins Schlafzimmer. »Komm«, sagte sie, als sie anfing, sich auszuziehen, »und zeig Mama, daß du sie noch liebst.«

Und wie ich das tat. – Wir trieben es, bis wir erschöpft waren, dann ging ich zwischen ihre Beine und leckte sie bis zur Ekstase.

Da lag sie, mit schläfrigen Augen und einem kleinen Lächeln im Gesicht. Die Nachmittagssonne fiel durch die Fensterläden und warf goldene Streifen über ihren Körper. Es war, als sähe ich einen Film, den ich schon einmal gesehen hatte, vor vielen Jahren. Ich war wieder in unserer Garage, zusammen mit einem Mädchen namens Cherry. Auf ihrer anderen Seite lag mein Kumpel Ed und rauchte eine Zigarette. Und plötzlich wußte ich auch, was das Ding war, das mich schon den ganzen Tag beschäftigt hatte. Ich hatte mir unbewußt vorgestellt, wie Paula mit Tom Meadows schlief, und es hatte mich unheimlich verrückt gemacht.

Verrückt, das ist das richtige Wort, dachte ich. Himmel! Ich wollte doch nicht, daß ein anderer Mann sie anrührte! Oder doch? Ich dachte an Tom, wie er sie küßte und seine Hand unter ihren Rock schob, um ihre nasse, heiße Muschi anzufassen, während sie an ihm hing, ihre Brüste an seiner Brust rieb und an seiner Zunge sog. Ich dachte an das, was er schon mit ihr gemacht hatte und an die Dinge, die ihm noch mit ihr zu tun blieben, und eine Welle der Zuneigung zu ihm überschwemmte mich. Nach dem Fest, das wir gerade hinter uns hatten, bekam ich schon wieder einen Harten.

»Willst du immer noch, daß Tom Meadows dich legt?« fragte ich sie. Ich hörte meine eigene Stimme diese Worte sagen. Es klang rauh und entfernt, ich konnte es nicht glauben.

»Ja, aber nur, wenn du sagst, daß es in Ordnung geht. Ich könnte niemals etwas hinter deinem Rücken tun, Liebling.«

»Gut«, sagte ich und wunderte mich, daß ich es wirklich war, der das sagte.

Sie zog meinen Kopf zu sich herunter und küßte mich, ihre Augen glänzten, dann drehte sie sich auf dem Bett um und nahm ihn in den Mund, leckte ihn sanft, massierte ihn mit der Zunge, leicht streichelten ihre Finger meinen Beutel, spielten mit meinen Nüssen. Als es mir kam, war es wie eine langsame Explosion, die mich in Teile riß und dann diese Teile langsam wieder zusammenfließen und in heißen Strahlen in ihren Mund schießen ließ. Ich sah, wie ihr Hals sich bewegte, als sie wiederholt schluckte.

Bis zum folgenden Morgen fiel kein Wort mehr über Tom, ich lag in einer Agonie der Spannung, fürchtete, daß sie sich anders entschieden hätte und nicht weitermachen wollte, aber ich hatte Angst, das Thema aufzubringen. Sie ging ans Telefon und blieb eine Stunde dran, aber das war nichts Ungewöhnliches. Sie liebte dieses verdammte Telefon, wie die meisten Frauen.

Ich machte mir gerade in der Küche ein Bier auf, als sie zurückkam; ein verschmitztes Lächeln in ihrem Gesicht sagte mir, daß sie etwas vorhatte. »Du solltest dich besser rasieren und umziehen«, sagte sie. »Du bekommst Gesellschaft.«

»Gesellschaft? Ich? Wer?«

»Erinnerst du dich an das Schätzchen im blauen Kleid? Zufällig ist sie Tom Meadows Schwägerin. Er bringt sie mit. Sie wird den Tag mit dir verbringen, während Tom und ich in ein Motel an der Küste gehen. Tom hätte entweder seine Frau oder seine Schwägerin mitbringen können, aber ich habe die ausgesucht, von der du gesagt hast, daß du sie magst. Jetzt machst du doch keinen Rückzieher, oder, Schätzchen?« Ich schüttelte den Kopf.

Es erleichterte mich, zu wissen, daß sie und Tom miteinander schlafen würden, aber dieses Gerede über seine Frau und seine Schwägerin ging mir ein wenig zu schnell. Sie mußte es genau erklären. Ich hatte natürlich von Partnertausch gehört, aber das war mir nicht so real vorgekommen. Das waren keine Leute, die man kannte. Sie waren Schattenfiguren in Magazinen und Zeitungsartikeln. Als mir die Sache schließlich klar wurde, wollte ich wissen, wie Paula so viel toleranter sein konnte als ich, was unsere Freunde betraf und die Sachen, die sie zu machen schienen. Aber sie mußte sich anziehen, außerdem Make-up auflegen, so hatte sie keine Zeit, es mir zu erzählen.

Gleich darauf zischte sie in Toms grünem Cabriolet ab, und ich stand im Wohnzimmer und sah Jill Bexel an. Und da gab es wirklich etwas zu sehen. Sie war blond, zierlich und nicht älter als einundzwanzig. Sie trug ein blaues Minikleid, das so weit ausgeschnitten war, daß ihre Brüste sich über den Rand des Stoffes wölbten.

»Ist das alles, was du machen willst, mich anstarren?« fragte sie mit einem neckenden Lächeln, das ihre roten Lippen rundete und ihre grünen Augen tanzen ließ.

»Nein«, sagte ich, »das ist nicht alles.« Ich nahm sie in die Arme und wußte, als ich spürte, wie ihr fester Mädchenkörper sich an sie preßte, als ich ihr Parfüm und den Geschmack ihrer Lippen erregend anders fand, daß Paula recht gehabt hatte. Die Ehe schaltet den Körper und die Fantasie nicht einfach ab. Die Erregung, jemand Neuen zu haben, war so stark und real wir früher. Als ich Jill küßte, hatte ich plötzlich die Vision von Paulas Lippen, die gierig Toms Mund suchten – mein Ding stand stramm und stieß an Jills Bauch.

Sie legte die Hand auf ihn und drückte mich durch den Stoff meiner Hose. »Ich bin so froh, daß du mich magst«, murmelte sie.

Ich bot ihr einen Drink an. Als sie sich auf die Couch setzte, kreuzte sie die Beine so, daß der Saum ihres Kleides hoch über ihre Knie rutschte. Ich mußte schlucken, als ich das glatte, leicht gebräunte Fleisch sah.

Jill lächelte. »Ich finde es schön, daß ich einen Mann wild machen kann«, sagte sie, »und ich kann sehen, daß du buchstäblich keuchst. Ich frage mich, ob das auf mein Konto geht oder ob der Gedanke an Tom und deine Frau daran schuld ist. Mach dir keine Sorgen. Dein Freundchen wird hart sein, ganz gleich aus welchem Grund. Paula sagt, du seist neu in diesem Geschäft. So ist das immer am Anfang. Der größte Kitzel ist, wenn man daran denkt, was seine bessere Hälfte gerade macht. Und dieser Kitzel läßt nie nach, wird nie schal.«

»Wo ist dein Mann?« fragte ich sie.

»Er hat ein Negermädchen in der Central Avenue. Ich nehme an, daß er gerade in diesem Augenblick seine Zunge in ihrer Muschi stecken hat, so tief es geht.«

»Machst du es mit Negern?«

»Immer, wenn ich die Gelegenheit habe. Sie sind fabelhaft. Hast du schon einmal ein schwarzes Mädchen gehabt?«

»Seit dem College nicht mehr. Sie war großartig, aber ihre Eltern bekamen heraus, daß sie sich mit einem Weißen verabredete, und da war die Hölle los. Man kann ihnen keinen Vorwurf machen. Wir bringen ihnen nichts als Schwierigkeiten.«

Sie hatte ihr Glas ausgetrunken. Ich griff hinter sie und zog den Reißverschluß an ihrem Kleid herunter. Außerdem hakte ich ihren Büstenhalter auf. Frei schwangen ihre Brüste, bereit für meine Lippen. Ich legte eine Hand unter ihren Rock, schob sie an ihrem samtigen Schenkel entlang nach oben und fing an, ihre Höschen herunterzuziehen.

»Sollen wir nicht ins Schlafzimmer gehen?«

»Später.«

Ich hatte sie ausgezogen. Ihr Körper war sehr schön und hatte irgend etwas an sich, das mich glauben ließ, sie sei noch jünger als einundzwanzig. Bis auf das blendende Weiß ihrer Brüste und Lenden war ihre Haut goldbraun. Ich fiel vor ihr auf die Knie, spreizte ihre Beine, begann die parfümierte Haut dieser herrlichen Schenkel zu küssen, feste, saugende Küssen, die kleine Male hinterließen. Sie war so verdammt süß, daß ich sie hätte auffressen können wie ein Stück Schokolade. Ich fand ihre Scham und verbarg meine Nase in dem kurzen, lockigen Haar, meine Zunge öffnete und leckte an dem zarten, rosa gefärbten Fleisch.

»Geh dran, du Lieber!« seufzte sie. »Mein Gott! Wie gerne ich mich küssen lasse. Mein Mann ist heute weggegangen, ohne es zu tun, und Tom hat es auch nicht gemacht, als er kam. Er hat es für Paula aufgehoben. Der Bastard! Mir ist das jetzt wurst. Ich hab dich den ganzen Tag lang, und wir werden unseren Spaß haben, nicht?«

Sie war die erste Frau, der ich begegnete, die dabei unablässig redete. Manche fluchen oder stöhnen. Jill redete.

Ich küßte sie, steckte meine Zunge in sie, saugte an ihr in einem heiligen Wahn wilden Entzückens. Ich rollte das kleine feste Juwel ihrer Klitoris, um ihren Honigduft fließen zu lassen, als ihre Leidenschaft wuchs und der leichte Moschusduft in meinen Kopf stieg wie Alkohol. Die ganze Zeit dachte ich halb an sie und halb an Paula und Tom. Ich sah Toms Hände auf Paulas großem Busen und auf ihren Schenkeln. Ich sah zu, wie sie liebevoll sein Kerlchen streichelte oder ihre süßen Lippen auf ihn legte. Ich konnte sie mir vorstellen, wie sie auf Händen und Knien lag, ihren hübschen Po zu ihm hochreckte. In meiner Fantasie sah ich, wie ihr Gesicht sich in Wellen himmlischer Lust verzog.

Plötzlich kam es Jill, ihre Hüften zuckten, ihr ganzer Körper schüttelte sich, als bekäme sie eine dicke Gänsehaut. Sie packte mich am Haar und hielt meinen Kopf still, während sie ihre Muschi über meinem Mund kreisen ließ, über meiner Stirn, meinen Augen und meiner Nase, wusch mein Gesicht, als sie sich an mir rieb.

Als ich aufstand und mich über sie fallen ließ, stöhnte sie. »Ja! Oh, ja! Bitte! Um Himmels willen, ja!«

Ich tat es, indem ich mich dabei so weit aufrichtete, daß ich ihren schönen jungen Körper sehen konnte. Diese milchweißen Brüste, die gegen das Goldbraun ihres Rumpfes abstachen, faszinierten mich.

Ich überlegte mir, daß Paula und Tom jetzt das Motel erreicht hatten und es auch machten, daß er jetzt in ihr hin und her glitt, während sie ihre hübschen langen Beine um ihn schlang und ihre Fingernägel rhythmisch in seinen Rücken und seine Hinterbacken grub. Ich wünschte mir, sie beobachten zu können. Der Gedanke gab mir den Rest, und ich ging los wie ein ausbrechender Vulkan.

Gleichzeitig spürte ich, daß auch Jill gewaltige Höhen erreichte.

»Allmächtiger Gott!« seufzte sie. »Ich kann es kaum erwarten, Paula meinem Mann vorzustellen. Dann können wir beide das ganz oft machen. Schatz, du bist ungeheuer!«

»Du aber auch. Ich will dich so oft wie möglich. Bring deinen Mann mit, sobald du kannst.«

Tom und Paula kamen in der Dämmerung des nächsten Morgens zurück. Sie machte Kaffee für uns alle, dann mußten Tom und sie es noch einmal machen, ehe er ging, also nahmen sie das Schlafzimmer. Jill und ich gingen wieder zu der Couch im Wohnzimmer. Schon vorher war es großartig gewesen, aber mit Paula und Tom im gleichen Haus war es einfach überirdisch.

Als sie gegangen waren, rief ich in der Firma an und meldete mich krank. Paula und ich erzählten uns abwechselnd, was wir gemacht hatten, dabei wurden wir immer schärfer und mußten es einfach noch einmal machen. So ging das fast den ganzen Tag weiter, und ich wußte, daß ich sie noch nie so echt und tief geliebt hatte wie an diesem Tag.

A. FENTIS

20

## 2  *Paula Fentis*

Ich wurde in Kansas geboren. Wie Arny hatte ich ein gutes Elternhaus. Mami und Papi arbeiteten beide, also fehlte es uns nie an Geld. Mami war eine überzeugte Katholikin, Papis Haltung der Kirche gegenüber war eher indifferent. Wenn das zu Reibereien zwischen ihnen geführt haben sollte, habe ich sie nie bemerkt. Mami sorgte dafür, daß mein Bruder und ich ziemlich regelmäßig zur Sonntagsschule gescheucht wurden, auch zur Messe, wenn sie uns erwischen konnte, aber, ehrlich gesagt, ich glaube nicht, daß es auf uns einen großen Eindruck gemacht hat.

Ich kam spät in die Pubertät. Noch mit sechzehn war ich das komischste Kind in der Stadt. Ich war dürr, trug Zahnklammern und war so flachbrüstig, daß man mich für einen häßlichen Jungen hätte halten können. Dementsprechend war ich schüchtern und zurückgezogen. Und dann, ganz plötzlich, passierte es. Ich entwickelte mich. Ich bekam Brüste. Die Klammern wurden von meinen Zähnen abgemacht. Ich fing an, mich für Jungs zu interessieren. Mehr noch, sie beachteten mich auch und luden mich zum Schwimmen oder Tanzen ein. Es war herrlich. Ich wußte jetzt ganz genau, wie sich eine Raupe fühlen mußte, wenn sie ihren Kokon durchbricht und sich zu einem Schmetterling entpuppt.

Während dieser Zeit muß ich für die Jungen schrecklich frustrierend gewesen sein. Sie versuchten, mich anzumachen, aber ich ließ sie nicht, obwohl ich mir nichts mehr gewünscht hätte. Ich hatte einen Tick mit meiner Jungfräulichkeit. Irgendwie hatte ich die verrückte Vorstellung entwickelt, daß mein wundersames Aufblühen eine zerbrechliche und vergängliche Sache sei, und daß alles verschwinden würde, wenn ich einem Jungen erlaubte, mit mir zu schlafen.

Es mußte ein Mann wie Bill Eaton kommen, um diese lächerliche, verkauzte Idee aus meinem Kopf zu fegen. Er war der Sohn eines alten Freundes unserer Familie und war gerade aus der Marine entlassen worden. Papi lud ihn ein, bei uns zu wohnen, solange er eine Stelle suchte. Bill war so hübsch, daß es mir den Hintern zusammenzog, wenn ich ihn nur ansah. Als er mich einlud, überlegte ich mir die Sache sehr sorgfältig etwa eine Millionstelsekunde lang, ehe ich ja sagte.

Ich versuchte, es mit Bill so zu machen, wie ich es mit den anderen Jungen gemacht hatte, nur war Bill eben kein Junge. Er war ein Mann. Diese Tatsache sollte ich bald genug selbst entdecken. Als ich mit ihm die erste Mondscheinfahrt machte und er den Wagen an einer einsamen Stelle am Seeufer parkte, gab ich mir einen Ruck, meine Ehre zu verteidigen. Bill legte mich rein. Er legte nicht einmal den Arm um mich. Er steckte nur eine Zigarette an und redete.

Bill war ein schlauer Fuchs. Er spürte meine Furcht,

spürte auch, daß ich der Typ war, den man verbal erregen konnte. Kunstvoll steuerte der die Unterhaltung von unschuldigen zu aufregenderen Themen, und bald steckten wir in einer recht offenen Diskussion über Sex. Ich hielt das für erregend aber harmlos, jedenfalls, so lange er auf der anderen Seite des Wagens blieb. Ich erkannte einfach nicht, was er mit mir anstellte, bis mir, zu meiner großen Verwirrung, klar wurde, daß ich dasaß und mich wand, als hätte ich Ameisen in den Hosen, daß meine Hüften sich bewegten, meine Schenkel sich unter dem Rock aneinander rieben. Ich wußte, daß ich zwischen den Beinen feucht wurde und daß meine Brüste sonderbar fest und voll gegen meinen Büstenhalter drängten.

Bill lächelte wissend und glitt zu mir herüber. Er küßte mich, seine Lippen waren warm und weich auf meinen, und ich schmolz einfach dahin. Das heißt, ich war so durcheinander, daß ich keine Kraft zum Widerstand aufbrachte, als er seine Hand unter meinen Rock schob und begann, eifrig meine Schenkel zu streicheln. Ich war wie betäubt, hatte die Grenze zu einer köstlich fremdartigen Welt der reinen Leidenschaft überschritten, wo Existenz reduziert war auf ein Paar Lippen und zwei Hände, die über meinen Körper streiften. Alles Denken verschwamm in einer tobenden Flut der Lust, die mich in riesigen köstlichen Wogen überspülte.

Ehe ich es richtig gemerkt hatte, hatte er mir sehr geschickt Bluse, Büstenhalter und Höschen ausgezogen und meinen Rock zur Taille hochgeschoben. Seine Hände waren überall, es schien, als hätte er hundert Hände. Als sein heiß saugender Mund sich über meinen Brustwarzen schloß, wäre es mir beinahe schon gekommen. Selbstverständlich hatte ich schon eine Zeitlang an mir herumexperimentiert, so erschien mir das, was er mit seinen Fingern zwischen meinen Beinen tat, ganz natürlich und vertraut.

Mit der gleichen Geschicklichkeit machte er seine Hosen auf, ließ sie fallen und führte meine Hand hinunter.

Wie Bill später sagte, der Vordersitz eines Autos war ein unmöglicher Platz, einem Mädchen die Unschuld zu rauben, aber er war zu klug, mir vorzuschlagen, es draußen im Gras zu machen. Er wollte mir keine Zeit zum Nachdenken oder Abkühlen geben. Er zog meine Hüften herum, bis ich halb auf seinem Schoß saß, ein Bein über ihn geworfen. Dann fing er an. Es war wunderbar. Ich wollte es so sehr, daß mir alles andere egal wurde.

Endlich bekam er ihn ganz hinein, mein Gott, wie schön war das Gefühl, ihn ganz in mir zu haben! Langsam bewegte er seine Hüften, schob ihn hinein, zog ihn wieder heraus, gleichzeitig hatte er seine Finger auf meiner Klitoris, streichelte sie. Er ließ mich nicht kommen, ehe er selbst so weit war, dann ließ er uns beide losgehen.

Ich konnte spüren, wie sein heißer Samen in mich schoß und wurde bei meinem Orgasmus wild, als er mit dem Mund an meinen Brüsten meine Leidenschaft noch verdoppelte.

Als es vorbei war, küßte und streichelte er mich weiter. Ich spürte weder Scham, noch Bedauern, noch Furcht. Ich war ganz einfach glücklich. Und ich wollte, daß Bill es mir wieder besorgte und immer wieder, für alle Ewigkeit.

Einen Monat später waren wir verheiratet. Mußten wir auch. Ich war schwanger.

Bill war eine Stelle in Kalifornien angeboten worden, so zogen wir dorthin, und ich hatte, zu meinem großen

Kummer, eine Fehlgeburt und konnte, so sehr wir es auch versuchten, nicht wieder schwanger werden. Die Ärzte versicherten mir, daß sei kein dauernder Schaden, so konnte ich mich doch etwas trösten und Hoffnung haben.

Bill und ich stritten oft, aber meistens ging es ums Geld. Er hatte überhaupt kein Verantwortungsgefühl. Trotzdem waren wir ziemlich glücklich, aber dann kam Babe Summers in unser Leben. Sie war eine zierliche Blonde mit Wackelhintern und kecken Augen. Sie zog in die Nachbarwohnung. Es war offensichtlich, daß Bill sie zunehmend stärker beachtete, und Babe mußte einfach mit ihm flirten – so wie eine Katze, die gestreichelt wird, das Schnurren nicht lassen kann. Ich hätte wütend auf die beiden sein müssen, und ich war auch ganz schön böse auf Bill, aber das Problem mit Babe war, daß ich sie einfach mochte. Sie war ein glückliches kleines Geschöpf, an ihr war etwas so unschuldiges, selbst, wenn sie vor Bill mit dem Hintern wackelte. Immer prickelte sie vor guter Laune, war von entwaffnender Offenheit und so ehrlich lieb und freundlich, daß ich ihr einfach nicht böse sein konnte, was sie auch immer tat. Wir wurden die besten Freundinnen.

»Ich nehme an, du hast schon gemerkt, daß ich ein Auge auf deinen Bill geworfen habe«, sagte sie eines Tages, als wir in der Eßecke Kaffee tranken.

»Und ob ich das gemerkt habe«, sagte ich trocken. »Es ist mir auch nicht entgangen, daß er jedesmal, wenn du vorbeigehst, einen Harten bekommt.«

»Ach, Paula«, rief sie aus, »ich möchte dir um keinen Preis weh tun, also suche ich mir besser eine andere Wohnung. Ich habe Angst, daß etwas passiert, wenn ich hierbleibe. Ich habe keine große Willenskraft. Ich werde dich vermissen.«

Wäre ich vernünftig gewesen, hätte ich ihr zugestimmt, aber als ich da saß uns sie sah, ihre Augen schwammen in Tränen, konnte ich es einfach nicht.

»Nein. Ich möchte nicht, daß du weggehst.« Ich tätschelte ihre Hand. »Du bleibst hier, und ich sorge dafür, daß Bill sich benimmt.«

Ich belog mich selbst, als ich glaubte, ich könnte den Kerl wirklich unter Kontrolle halten. An einem Samstagnachmittag ging ich in die Stadt und kam gleich wieder zurück, weil ich das Geld vergessen hatte. Bill hatte Babe in unserem Wohnzimmer auf dem Fußboden. Sie waren beide nackt, und Bill war gerade dabei, in ihr abzuschießen. Sie merkten nicht, daß ich in der Tür stand, so zog ich mich leise zurück und setzte mich in den Park. Ich hätte den Mistkerl umbringen können, und doch, selbst jetzt fand ich Entschuldigungen für Babe.

Ich hatte ungefähr zwanzig Minuten dort gesessen, als ein Mann seinen Wagen am Straßenrand nahe der Bank parkte, herüberkam, um sich neben mich zu setzen. Er fing an, über das Wetter und die hohen Preise zu reden, aber mir konnte er nichts vormachen. An seinen Augen konnte ich erkennen, daß er sich alle Mühe gab, mich aufzulesen. Er sah weder gut aus, noch war er jung, aber er war gut gekleidet und sauber. Ich wurde ungeduldig, wie er so herumdruckste.

»Wollen Sie mit mir irgendwo hingehen?« fragte ich ihn ganz offen.

Er war überrascht, nickte aber rasch. »Ja. Ja, ich will dich. Wir können in mein Haus gehen. Meine Frau ist weg, ich bin allein.«

»In Ordnung«, sagte ich. »Gehen wir.«

Diesem verdammten Bill würde ich es zeigen!

Wir fuhren zu einem Haus am Stadtrand und gingen direkt ins Schlafzimmer. Ich hatte nicht die Absicht, mich besonders an ihm zu vergnügen. Ich war auf Rache aus.

Für einen Mann in seinem Alter hatte er einen hübschen Körper, er ging sehr besorgt und sanft mit mir um. Zu meiner Überraschung machten seine Küsse mir richtig Spaß, und die Komplimente, die er über mich ausschüttete, als er mir sagte, wie schön mein Körper sei, meine Brüste und Beine, fand ich richtig schön. Ich spürte, daß es ihn sehr erregte, mich bei sich zu haben, und er war sehr hitzig. Sein Enthusiasmus fing an, auf mich abzufärben, außerdem war da der Kitzel, als verheiratete Frau die erste außereheliche Affäre zu haben. Ich legte meine Hand auf seinen Schwanz. Er war wie der von Bill und doch anders: der Unterschied machte ihn eigenartig begehrenswert.

Als er anfing, meinen Bauch und meine Schenkel zu küssen, war ich zu dumm, um zu merken, was er wollte, bis er meine Schenkel spreizte und ich plötzlich seine Zunge spürte. Bill hatte das nie getan. Es erstaunte mich, daß jemand das wirklich machte. Außerdem war ich angenehm überrascht, daß es ein herrliches Gefühl war. Seine Hüften lagen dicht bei meinem Gesicht, ich hatte meine Hand noch immer auf seinem Ding. Langsam schob er sich näher zu mir, reckte sich, und ich merkte, was er wollte. Immer wieder hatte Bill mich darum gebeten, hatte gebettelt, aber ich hatte standhaft abgelehnt, weil ich es für eine eklige Sache hielt. Jetzt dachte ich mir, es könnte keine größere Rache geben, als es bei diesem Mann zu machen, dessen Namen ich noch nicht einmal wußte. Ich würde heimgehen und es Bill genau erzählen, nur, um sein Gesicht zu sehen.

Ich senkte den Kopf, öffnete den Mund und führte ihn in meinen Mund. Eigentlich wollte ich nur ganz zaghaft an der Spitze knabbern, aber es regte mich so auf, daß ich ihn so weit wie möglich in den Mund nahm und eifrig saugte.

Rasch brachte mir seine geschickte Zunge einen wunderbaren Orgasmus, nach wenigen Minuten spürte ich einen zweiten kommen. Ich fand es herrlich, wie sein ganzer Körper zitterte und bebte und saugte weiter, hoffte, ihm noch einen Orgasmus zu bereiten, der aber leider (und natürlich) nicht kam.

Wir verbrachten den Rest des Tages und die Nacht im Bett. Erst am nächsten Morgen ging ich heim, wenn auch nicht gerne; ich ging erst, als ich sicher war, daß er meine Nummer und meine Adresse hatte. So konnte er mich anrufen, wenn eine Möglichkeit bestand, mit ihm zu schlafen. Was als Racheakt begonnen hatte, war zu etwas ganz anderem geworden. Ich hatte vor, die Geliebte dieses Mannes zu werden, und wenn Bill das nicht gefiel, sollte er zum Teufel gehen.

In dieser Stimmung kam ich nach Hause. Bill und Babe saßen im Wohnzimmer auf der Couch. Babes Gesicht war geschwollen, ihre Augen rot verweint. Ich vermutete, daß sie fast die ganze Nacht geweint hatte. Bill sah verängstigt und böse aus und wollte wissen, wo zum Teufel ich gewese wäre.

Ich sagte es ihm und erzählte ihm auch genau, was ich gemacht hatte. Ich zwang ihn, es bis in die kleinste Einzelheit anzuhören. Ich sagte ihm auch, warum ich es getan hatte, daß ich jetzt aber vorhatte, es weiterhin zu tun, nur aus einem anderen Grund . . . weil es mir gefiel.

Er fing an zu toben und zu fluchen. Es war Babe, die ihn zum Schweigen brachte. Es erstaunte mich, daß auch sie böse werden konnte. »Wag nur nicht, so mit ihr zu reden!« fauchte sie ihn an. »Es ist nur deine Schuld, daß sie das gemacht hat, du Schuft! Ein Mädchen wie Paula hast du überhaupt nicht verdient! Und ich verdiene ihre Freundschaft nicht.«

Ich ging hinüber und legte meinen Arm um sie. Ich sagte ihr, es sei schon gut und daß sie meine Zustimmung hätte, wenn sie mit Bill in die Federn kriechen wollte, wann auch immer. Ich hatte nämlich wirklich vor, von jetzt an meinen Spaß zu haben.

»Den faß ich nicht mehr mit der Beißzange an!« schrie sie, vergrub ihr Gesicht in meinen Schoß und weinte. Natürlich kam sie darüber hinweg, und es dauerte nicht lange, bis Bill fast jede Nacht in ihrer Wohnung verbrachte. Mich scherte das wenig. Ich traf mich mit meinem Romeo, wenn immer er es schaffte, von seiner Frau loszukommen. Zu anderen Gelegenheiten ging ich in Bars, nur um mich auflesen zu lassen, auf diese Art lernte ich ein paar wirklich interessante Männer kennen. Kurz gesagt, ich hatte meine Spaß.

Als Bill eine andere Stelle annahm und wir wegzogen, fiel es mir schwer, mich von allen meinen neuen Freunden zu verabschieden, und der Gedanke, Babe zu verlassen, machte mich krank. Ich liebte sie mehr als ich jemals eine meiner Schwestern geliebt hatte.

Wir waren kaum eine Woche in der neuen Stadt, als wir durch eine Zufallsbekanntschaft zu einer Sexparty eingeladen wurden. Es dauerte nicht lange, bis wir richtige Mitglieder dieser Gruppe waren. Ich sah die Vorteile ein, die diese Art von Sex gegenüber der Promiskuität hatte. Man brauchte keine Angst vor Geschlechtskrankheiten zu haben, es gab genug Männer, ich mußte nicht fürchten, von einer eifersüchtigen Frau erschossen zu werden, schließlich war da noch meine Freundschaft mit den anderen Frauen. Keiner, der nicht einmal in einer solchen Gruppe war, kann das Gefühl der Zusammengehörigkeit, wie bei einer großen Familie, verstehen oder schätzen, das bei uns entstand. Das ist eine intensiv emotionale und lieb-sentimentale Sache, und doch ist es herrlich fröhlich und unbeschwert. Ich bedaure nur, daß meine Kinder diesen Reichtum noch nicht mit uns teilen können, jedenfalls nicht, bis sie verheiratet sind und, wenn sie Glück haben, eine eigene Gruppe finden. Wenn sich die Wissenschaftler über uns und unsere Art zu leben wundern, hier habe ich eine Antwort für sie. Es ist nicht nur Sex, obwohl Sex den Funken zündet, der uns zusammenbringt, und Sex ist es, der unsere Liebe zueinander erregend und bedeutsam macht. Es ist menschliche Wärme, ein Gefühl der Zusammengehörigkeit, jenes Gefühl, das der verhaßten Einsamkeit und Kontaktarmut den letzten, herrlichen Schlag versetzt, sie für immer aus unserem Leben verbannt.

Wir waren drei Jahre verheiratet, als Billy starb. Es war ein Arbeitsunfall. In gewisser Beziehung hatte ich nie aufgehört, ihn zu lieben, den Schuft, denn er war mein erster Mann gewesen.

Ich zog nach Los Angeles und bekam die Stelle beim einer Firma, wo ich Arny zum ersten Mal begegnete. Ich hatte in den dazwischen liegenden Jahren wohl viele Gelegenheiten zum Heiraten gehabt, aber ich zögerte. Ich fürchtete, wieder an einen Mann zu geraten, der nicht verstehen konnte oder wollte, daß eheliche Treue nicht gerade mein Bier war. Deswegen machte ich es Arny die erste Zeit so schwer, verliebte mich aber schließlich so sehr ihn ihn, daß ich es nicht länger aushalten konnte.

Selbstverständlich wußte Arny, daß ich verheiratet gewesen war, aber ich hatte ihm über das Leben, das ich mit Bill geführt hatte, nichts erzählt, also war es kein Wunder, daß der arme Kerl verwirrt war, als ich vorschlug, er sollte den Tag mit Jill verbringen, während ich mit Tom ins Motel ging.

Einmal, als ich neue Mitglieder für die Gruppe suchte, gestand mir eine junge Braut, sie könne sich einfach nicht vorstellen, polygam zu sein, wenn sie ihren Mann liebte. Sie war der Meinung, daß es nur nackter, animalischer Sex wäre, wenn sie es mit anderen Männern machen würde. Für sie mußten im Sex die zarteren Gefühle eingeschlossen sein, sonst war das Ganze die Mühe einfach nicht wert.

Ich stimmte ihr hundertprozentig zu. Nicht, daß ich nicht Erfahrungen gehabt hätte, die nichts als ungezügelte Gier waren, aber man kann sie, auch nicht nur andeutungsweise, mit Sex vergleichen, den Liebe inspiriert. Was die junge Braut zu dieser Zeit noch nicht wußte, obwohl sie es später lernen sollte, war, daß der ganze Unsinn, den man uns erzählt hatte, als wir jung waren – eine Frau könne nur einen Mann lieben – einfach nur das war ... Unsinn. Zu Arny habe ich eine ganz besondere Beziehung. Er ist mein Mann und der Vater meiner beiden Kinder. (Die Ärzte hatten recht.) Außerdem ist er ein fabelhafter Liebhaber. Aber ich liebe auch jeden anderen Mann in der Gruppe. Das heißt nicht, daß ich sie nur mag. Ich meine, ich *liebe* sie, echt und tief und romantisch, mit aller Hingabe, zu der mein Herz fähig ist. Unter den Männern ist nicht einer, für den ich nicht kämpfen würde. Soll nur einer kommen und ihnen was wollen, der wird schon sehen!

Und was genauso wichtig ist, die Frauen liebe ich auch. Nicht als Geliebte, natürlich, aber als Schwestern. Ich liebe sie, weil sie die Männer, die ich liebe, mit mir teilen und freundlich und lieb zu ihnen sind.

Natürlich sind die heuchlerischen, überfrommen Christen hinter uns her, – was aber ist christlicher als Lieben und Teilen?

PAULA FENTIS

## 3   Sam Green

Das beste und freundlichste, was ich über meine Kindheit sagen kann, ist, daß ich sie überlebt habe. Als Samuel Greenburg wurde ich geboren, diesen Namen ließ ich in Sam Green ändern, als ich aus der Marine entlassen worden war – nicht etwa, weil ich mich schämte, Jude zu sein, nein, ich dachte mir nur, daß ich so viele Handicaps hatte, daß es nur billig war, wenn ich diese kleine Chance wahrnahm. An meinem Äußeren konnte das Gericht nichts ändern, das hatten die Kinder aus der Nachbarschaft, Gott segne sie, schon mit ihren Fäusten besorgt. Als ich sechzehn war, hatte ich keine lange Nase mehr. Sie war platt.

Wollen Sie wissen, warum Sammy abgehauen ist? Ruhig fragen. Wenn Sie in New Yorks East Side Jude sind, dann rennen Sie, als wäre der Teufel hinter ihnen her, und wenn Sie in die Enge getrieben werden, dann kämpfen Sie sich frei, damit sie wieder rennen können.

Als ich meinen Vater bat, die Aufnahmepapiere für die Marine zu unterschreiben, nickte er weise und kramte nach seinem Füllhalter. »Du gehst besser hier weg,

Sammy, ehe sie dich verderben wie diesen Jungen von den Franchesis.«

»Wenn man bedenkt, daß Tony Franchesi jetzt lebenslang in Sing Sing sitzt, kommt es einem schon so vor, als hätte Papa recht gehabt.«

Die Marine war nicht schlecht. Sie nahmen ein mageres Kind aus dem Getto, schafften ihm vierzig Pfund Muskeln auf den Körper und ließen ihn Maschinist werden. Das Trinken und Herumhuren lernte ich von selbst, dabei halfen mir schon meine Schiffskamerdaden. Aber der Trieb, der Zwang, auszuweichen, wegzulaufen, wird einem jüdischen Kind vom Tag seiner Geburt an eingebleut, und so gut die Marine auch war, ich erkannte, daß sie für mich eine Sackgasse war. In San Francisco bekam ich meine Entlassung und begann nach einem Job zu suchen, der mir Zeit und Gelegenheit geben würde, meine Ausbildung abzuschließen. Ich fand ihn durch eine Zeitungsanzeige.

»JUNGER MANN für Katalogisierungsarbeiten gesucht. Vorzugsweise Student. Keine Vorkenntnisse nötig. Zimmer, Verpflegung, guter Lohn.«

Die Stelle war in der Old Fell Street. Ich nahm den Bus und fuhr hin, drehte aber beinahe wieder um, als ich das Haus sah: Eines dieser fantastischen alten Herrenhäuser, die nach dem Erdbeben 1906 gebaut worden waren. Ich nahm an, daß der junge Mann, der gerade die Treppen herunterkam, auch ein Anwärter auf die Stelle war. Er war der richtige College-Typ: blaß, Hornbrille, der ganze Kram. Er sah nicht wie einer aus, der gerade angestellt worden war, und ich dachte, wenn der es mit seiner intellektuellen Erscheinung nicht schafft, welche Chance habe dann ich mit meinen Muskeln und dem ramponierten

Gesicht? Trotzdem ging ich nach oben und drückte auf die Klingel.

Die geschnitzte Tür ging auf, und da stand, in der Uniform eines Hausmädchens, das süßeste kleine Ding, das ich je gesehen hatte. Sie war wohl eine Halbweiße, aber alles an ihr war die reine exotische pulstreibende Erregung. Ihre Haut hatte ein warmes Braun, und von dieser Haut war in dem tiefen Ausschnitt und unter dem kurzen Rock eine Menge zu sehen. Ihre dunklen verträumten Augen nahmen meine ganze einsachtzig in sich auf, dann verzogen ihre vollen roten Lippen sich zu einem Lächeln, das Grübchen in ihre Wangen zauberte.

»Kommen Sie doch bitte herein, wenn Sie wegen der Stelle kommen«, sagte sie mit einer kehligen Stimme. »Sie werden in der Halle erwartet.«

»Ist die Stelle noch offen?« fragte ich eifrig, dachte dabei aber nur noch halb an Beruf. Ich stand nahe bei ihr. Wenn der Himmel so gut roch wie dieses Mädchen, dann konnten die Engel den Duft auf Flaschen ziehen und als Parfüm zur Erde schicken.

»Jawohl«, sagte sie, und ihre Grübchen wurden tiefer, »aber ich habe so eine Ahnung, daß sie gleich belegt sein wird. Hier entlang, bitte.«

Ich folgte den herrlich schlanken Beinen und dem geschmeidig kreisenden Hintern. Es war wirklich ein Vergnügen. Durch eine offene Tür führte sie mich in einen Raum, der in ein Museum als Beispiel für ein Herrenhaus aus der amerikanischen Pionierzeit gepaßt hätte. Da gab es hochlehnige Sessel, beschlagen und mit beigem Samt bezogen, einen Kristall-Lüster und einen riesigen Kamin. Da gab es Tonfiguren, altes dunkles Holz, das matt im Zwielicht schimmerte, und ich stand knöcheltief in einem orientaischen Teppich, der wahrscheinlich so viel gekostet hatte wie ein ganzes, normales Haus.

»Willkommen in unserer geliebten Vergangenheit«, sagte eine musikalische Stimme heiter, und ich drehte mich um und stand Angesicht in Angesicht mit dem schönsten Biest der Welt. Als sie so in dem schwach beleuchteten Zimmer stand, schätzte ich Valdy Fontaine auf Anfang Dreißig. Später wollte ich mich wundern, als Penny, das Mädchen, mir sagte, daß das alte Mädchen den Fünfzigern viel näher war. Mir kam das immer wie ein kleines Wunder vor, aber, ich meine, wenn man so eine Menge Geld für diese Zwecke erübrigen kann, ist so etwas nicht unmöglich. Valdy hatte es geschafft. Sie hatte kastanienfarbenes Haar, grüne Augen, und in ihrem Gesicht lag eine lasterhafte, herzenbrechende Schönheit. Sie trug ein blaues Hauskleid, das von einer geflochtenen Schnur zusammengehalten wurde. Üppige weiße Brüste drängten den dünnen Stoff auseinander, so daß ein großes V entstand, das bis zu ihrem Nabel reichte, und als sie zu mir kam, um mich zu begrüßen, teilten ihre Schenkel die untere Hälfte des Kleides und gaben mir einen quälenden Ausblick auf wohlgerundete, verführerisch geformte Beine. Ich sagte meinen Namen, hatte aber nicht den Eindruck, daß sie zuhörte. Ich tat es auch nicht. Diese teuflisch umgarnenden Augen schweiften über meinen ganzen Körper, und ihre lieblichen Lippen verzogen sich zu einem gierigen Lächeln der Anerkennung. »Sie sind angestellt«, hauchte sie träge. »Ich nehme an, Sie können lesen und schreiben.«

»Ein bißchen«, gab ich zu. Es schien nicht von Bedeutung zu sein. Ganz im Geheimen fragte ich mich, ob man merken konnte, daß ich eine ungeheure Erektion hatte.

Erst Penny, dann Valdy ... ein bißchen viel für einen amerikanisch-jüdischen Jungen aus Fleisch und Blut.

Sie lachte, und es klang wie ein feines Geläut. »Komm mit, Sam. Ich zeige dir, wo du arbeitest.« Sie streifte an mir vorbei, ihre Hüfte rieb durch den Stoff meiner Hose an der Spitze meines Schwanzes. Dort hielt sie inne, berührte mich immer noch. »Ich sehe, du hast schon eine Ahnung«, sagte sie und lachte wieder. »Gut. Wenn die Ahnung wirklich groß ist, muß ich vielleicht dein Gehalt verdoppeln.«

Ich glaube, ich bin tatsächlich errötet.

Ich ging mit ihr in ein Zimmer auf der anderen Seite der Halle. Es war ein Schweinestall und etwa halb so groß wie die Carnegie Hall, ganz kahl bis auf die leeren Regale, die die Wände vom Boden bis zur Decke säumten. In einer Ecke des Zimmers stand ein Schreibtisch mit einer Schreibmaschine darauf, fast verborgen von einem Berg von Büchern. Verdammt, so viele Bücher hatte ich in meinem ganzen Leben noch nicht gesehen, überall waren sie aufgestapelt, Stoß um Stoß. Außerdem stand noch ein Dutzend Holzkisten herum, die, da war ich sicher, noch mehr Bücher enthielten.

»Du mußt nur«, sagte Valdy Fontaine, »diese Bücher durchsehen, sie nach Titel, Autor, Thema und Erscheinungsjahr katalogisieren und zu jedem eine kurze Inhaltsangabe schreiben. Dann numerierst du sie nach der Dezimalklassifikation, genau wie in den öffentlichen Bibliotheken, stellst sie in die Regale und legst eine Kartei an.«

Ich schluckte. »Soll ich die etwa alle *lesen*?«

»Wenn du willst. Das wäre eine gute Idee. Da würde das Ganze länger dauern. Ich hoffe nicht, daß du es eilig hast, uns zu verlassen. Oder?«

Sie hatte mir das Gesicht zugewandt, stand dicht bei

mir. Vorsichtig bewegte sie die Hüften, schob sie nach vorne, daß ihr Venusberg leicht meinen Harten berührte und lächelte mich provozierend an. Ich mag nicht so schrecklich schlau sein, aber bei manchen Sachen kapiere ich ganz schön schnell. »Nein«, sagte ich, »ich habe es nicht eilig«, legte meine Hand um ihre schlanke Taille und zog sie dicht an mich. Sie seufzte, als ich mich zu ihren Lippen hinunterbeugte, ihr Mund war wie süßer Wein, ihre Zunge eine zustoßende Speerspitze aus süßem Fleisch. Ich löste ihren Gürtel und schob das Hauskleid beiseite; da hatte ich diesen ganzen sahnig weichen, duftenden Körper, diese unglaublich schönen Brüste lagen dem Spiel meiner Lippen und Zähne offen. Ich senkte den Kopf und beschäftigte mich mit einer ihrer Brustwarzen, derweil rief ich meine Hüften an ihr, versuchte sie durch den Stoff meiner Hosen hindurch zu berühren. Ich war so ungeheuer wild nach ihr, daß ich keine Zeit fand, meine Hosen auf Halbmast zu setzen, noch weniger konnte ich nach einer Couch sehen oder nach etwas ähnlichem, auf das ich sie legen konnte. Ich war wie von Sinnen.

Sie hatte ihre Finger in meinem Haar vergraben, zog mein Gesicht noch tiefer in die duftende Weichheit ihrer Brüste. Sie gab ein eigenartig schluchzendes Geräusch von sich. »Sammy! Sammy!« keuchte sie. »Bring mich nach oben, Sam!« Dann gingen wir nach oben, den ganzen Weg hatte ich meinen Arm um sie gelegt, küßte ihr Genick und den köstlichen Schwung ihrer Schultern bei jedem Schritt. Penny schüttelte oben in der Halle gerade einen Staubwedel aus, und so kamen wir an ihr vorbei, versuchten, gleichzeitig zu fummeln und zu laufen, aber Penny tat, als bemerkte sie uns nicht. Ich spürte ein kleines Bedauern, daß sie uns so zusammen sehen mußte, vergaß das über der Erregung, ein Schlafzimmer zu betreten und die Tür mit den Füßen zuzustoßen, nachdem ich Valdys Körper von seinem Kleid befreit hatte. »Zieh dich aus«, murmelte sie und begann mir dabei zu helfen. Sie ließ ihre Hände über meine nackte Brust und an meinen Armen hinuntergleiten. »Gott, wie ich Muskeln liebe!« flüsterte sie eindringlich, öffnete dann meinen Gürtel, kniete sich nieder und zog mein Hosen und Unterhosen herunter. »Oh, wie schön, wie schön«, rief sie aus. Sie umschloß meinen Kumpel mit der Hand, küßte die Spitze, drückte ihn an ihre Wange. Dann kam sie wieder auf die Füße, und wir fielen über das Bett. Wir waren beide soweit, schon von dem Augenblick an, wo wir uns begegnet waren. Sie umschlang meinen Rücken und hob ihre Hüften meinen entgegen. Unsere Münder waren aneinandergeheftet, sie kaute auf meinen Lippen. Plötzlich löste sie sich von mir, und ich hatte Gelegenheit, ihr Gesicht genau zu betrachten. Diese Augen, die mich wild anstarrten, waren erfüllt von unsagbarer Lust. Sie war das wildeste Stück, das ich jemals hatte.

Als wir dann keuchend und erschöpft dalagen, kuschelte sie sich eine Weile an mich, rutschte dann im Bett hinunter und nahm meinen schlaffen, weichen Kumpel in den Mund. Sanft und liebevoll lutschte sie an ihm, ihr Kastanienhaar berührte meine Haut wie eine gespenstische Liebkosung von Engelsfingern. Es dauerte nicht lange, bis ich wieder anschwoll und in ihrem Mund hart wurde.

Sie warf sich auf dem Bett herum, und ich stieß meinen Kopf zwischen ihre weichen Schenkel. Ich fand ihre Klitoris, liebkoste sie mit meiner Zungenspitze, während meine Finger sich in das weiche Fleisch ihres Popos gruben.

Dann ging es richtig bei ihr los, und beide hatten wir einen wilden Orgasmus.

Man könnte meinen, uns hätte das fürs Kennenlernen erst einmal gereicht. Ha! Wir nahmen uns Zeit für eine Zigarette, nahmen ein paar Schlucke aus einer Flasche, die sie im Zimmer stehen hatte, und danach ging ich wieder zu ihr runter. Und diesmal war es am besten.

Beim Abendessen lernte ich dann ihren Mann, Dr. Howard Fontaine, kennen. Er war schon ein ganz netter alter Knabe, aber doch nicht der Typ, mit dem ich warm werden konnte. Das heißt, er war weich und schlabbrig, seine weißen, langfingrigen Hände waren so zart wie die einer Frau. Sein Gesicht war schlaff und speckig, sah aber so sauber und rosa aus, als bekäme er jeden Tag eine Gesichtsmassage und schliefe nachts mit einer Schlammpackung. Und das tat er auch, soweit ich informiert war. Ich hatte mich darauf vorbereitet, eifersüchtig zu werden, verbannte diesen Gedanken aber, nachdem ich nur einen Blick auf ihn geworfen hatte. Kein Wunder, daß sie hinter Kerlen mit Muskeln her war. Und noch einen Typ gab es da, der offensichtlich Dauergast war. Sein Name war Tom Franklin, er wurde mir als Medizinstudent und Schüler von Doc Fontaine vorgestellt. Ein gut aussehender Junge war das, aber sehr still, hatte kaum etwas zu sagen. Ich fragte mich, ob der wohl auch mit Valdy schlief.

Nach dem Abendessen nahm sie mich wieder mit nach oben, um mir mein Zimmer zu zeigen. Wie der Rest des Hauses war es antiquiert, aber luxuriös. Auf der rechten Seite des Bettes hing ein riesiger Spiegel an der Wand, so daß wir uns ein wenig nach rechts legen mußten, wenn wir uns im Spiegel betrachten wollten. Sie wies mich auf eine Verbindungstür hin, die ganz bequem in ihr Zimmer führte. Auf der anderen Seite war das Zimmer ihres Mannes.

Als wir an diesem Abend ins Bett gingen, zog sie sich in ihr Zimmer zurück und kam dann durch die Zwischentür zu mir, zog sich schon im Laufen aus und verstreute die Kleider auf dem Boden.

»Wenn du wieder so laut bist wie heute Morgen«, warnte ich sie, »wird Doc dich sicher hören.«

Sie schüttelte den Kopf. »Nein, das wird er nicht. Nicht, daß es einen großen Unterschied machen würde, aber ich habe dieses Zimmer schalldicht machen lassen.«

Eine Woche verging. Ich katalogisierte einige Bücher und stellte sie in die Regale, aber in den noch verbleibenden Bücherbergen hatte es noch keine erkennbare Lücke gegeben. Valdy schlief regelmäßig bis zum Mittag, dann aber hatten wir Gelegenheit, zusammen zu sein, sooft ich einen hochbekam. Der Doktor hatte sich aus seiner Praxis zurückgezogen und schlich die meiste Zeit im Haus herum, also war klar, daß er wußte, was lief und sich nicht darum kümmerte. Nun gut, wir kümmerten uns auch nicht darum.

Eines Morgens ging ich in die Küche, um der Köchin einen Kaffee abzuschwatzen – und traf Penny. Ich ließ mir eine Tasse geben und setzte mich zu ihr an den kleinen Tisch in der Ecke.

»Wie gefällt Ihnen die Stelle?« fragte sie mich unschuldig.

»Dumme Frage«, gab ich zurück. »Sie wissen, daß sie mir gefällt, uns Sie wissen auch, weshalb. Machen wir doch keine Wortspielchen.«

Sie grinste, aber ihre Augen schienen traurig zu sein. »Ich weiß. Sie ist doch bestimmt ungeheuer, oder?«

Ich nickte. »Es gibt nur eine Sache, die besser wäre.«

»Was ist das?«

»Wenn du an ihrer Stelle in meinem Zimmer wärest.«

Ihre schwarzen Augen weiteten sich erstaunt. »*Ich?* Du hast *sie* hättest lieber *mich*?«

»Wirklich, ich hätte lieber dich als ein Dutzend von ihrer Sorte. Ich bin süchtig nach ihr, aber ich *mag* sie nicht. Ich würde abhauen, wenn ich könnte, und zum Teufel mit den Fünfhundert im Monat und der schicken Unterkunft. Verstehst du das? Ich wäre glücklich, bei dir zu sein, weil du lieb, nett und hübsch bist. Mein Gott, ich wollte, ich hätte dich getroffen, ohne ihr zu begegnen.«

Sie betrachtete mich fest und ehrlich. »Wenn ich weiß wäre«, sagte sie langsam, »würde ich versuchen, dich ihr abzunehmen. Ich würde dich gerne heiraten und ganz für mich allein haben.«

»Was zur Hölle hat das mit Schwarz oder Weiß zu tun? Scheiße! Ich bin ein Jidd, Penny. Glaubst du vielleicht, die Leute in der East Side ziehen den Hut und sagen ›mein Herr‹, wenn sie uns sehen?«

Sie sagte nichts. Sie griff nur über den Tisch und tätschelte meine Hand, aber nach ein paar Tagen, als Doc und Valdy zu irgendeiner gesellschaftlichen Geschichte mußten, kam Penny in mein Zimmer. Sie war süß und schüchtern, wollte sich kaum beim Ausziehen zusehen lassen, als sie aber unter die Decke geschlüpft war, war sie ganz Zuneigung. Wir küßten und streichelten uns, schliefen dann miteinander, und es war nicht diese wilde, verrückte Verdorbenheit dabei, die ich bei Valdy erfahren hatte. Ihr lieblicher brauner Körper, ihre festen spitzen

Brüste und ihre süßen, süßen Lippen waren wie ein Gedicht, ein zartes, herzbewegendes Gedicht, das einem einen Kloß in den Hals und Nebel in die Augen bringt.

Natürlich verliebte ich mich in sie und hätte ihretwegen Valdy verlassen. Ich wollte, daß wir zusammen weggingen, heirateten und eine Menge brauner kleiner Gören aufzögen, aber sie wollte nicht. Sie hatte dieses lausige Vorurteil, daß ich weiß wäre und sie schwarz und, nun, das ginge einfach nicht. Ich glaube, sie hatte unrecht. Ich glaube, wir hätten es wirklich gut geschafft, aber ich konnte ihre Angst nicht überwinden. Weil alles so ungeheuer grausam war, küßten und umklammerten wir uns, weinten ein bißchen um all die gemeinsamen Jahre, die wir nicht haben würden und all die Kinder, die sie von mir nicht bekommen würde. Und wenn dieser Gott da oben in seinem goldgepflasterten Plüschhimmel nicht so tot gewesen wäre, hätte er uns gehört und mit uns geweint, und ER hätte dafür gesorgt, daß wir mehr gehabt hätten als ein paar gestohlene Stunden.

Ich kann nicht behaupten, Valdy sei nicht großzügig gewesen. Ich bekam nicht nur meinen Lohn, sie schob mir auch, wenn sie daran dachte, hin und wieder zusätzliche Zwei- oder Dreihundert zu. Zu meinem Geburtstag kaufte sie mir ein Cadillac-Cabriolet, und ich hatte bald mehr Anzüge und Manschettenknöpfe als ein Kleidergeschäft. Schließlich hörte ich auf, so zu tun, als würde ich in der Bibliothek arbeiten, und Valdy stellte einen intellektuell aussehenden Jüngling ein, der den Job fertig machte. Sie schickte mich sogar aufs College.

Ich blieb bei ihr, bis Penny kündigte, um einen farbigen Burschen zu heiraten; dann besoff ich mich und ging einfach weg.

Ich fand eine andere Stelle, die ich behielt, bis ich mit dem College fertig war.

Im letzten Jahr auf dem College lernte ich Della kennen. Sie war klein und schnuckelig: schwarzes Haar und dunkle Augen, ich glaube, ich war hinter ihr her, weil sie mich an Penny erinnerte. Sie war auch das irrste Verhältnis, das ich jemals hatte, sie machte mich spitz, es war ungeheuer. Erst dachte ich, ich würde es leicht mit ihr haben, merkte aber bald, daß sie mich nur an der Nase herumführte. Wenn wir uns trafen, ließ sie sich küssen, ließ mich auch an ihre Brüste fassen wenn ich schön bettelte . . . aber nur durch Kleid und Büstenhalter. Ich durfte sogar meine Hand auf ihr Bein legen, aber nur zehn Zentimeter über dem Knie. Sie machte mich so heiß, daß es mir bald in die Hosen gegangen wäre – und dann glitt sie von mir weg und schlug so ganz beiläufig vor, daß wir eigentlich eine Cola trinken könnten.

Das machte ich ien paarmal mit, und dann, eines Abends, ließ sie es zu weit gehen. Ich hob ihren Rock weit höher als die erlaubten zehn Zentimeter und zog ihr Höschen herunter. Dann küßte und streichelte ich sie an allen erdenklichen Stellen.

Es ging gerade auf den großen Augenblick zu, als ich merkte, daß sie ihre Arme und Beine um mich geschlungen hatte und ihren Hintern wand, um mir zu helfen. Ich küßte sie, und sie hielt mich noch fester. Ich war ganz überrascht, als es plötzlich bei ihr losging, als sie schrie, lachte und mich küßte wie verrückt. Auch mir kam es dann, und es war herrlich, fast so schön wie mit Penny.

Ich wollte ihr etwas Liebes machen, so rutschte ich auf die Knie und begann ihre Klitoris zu küssen. Das schien ihr nun wirklich gut zu gefallen, denn nach ganz kurzer

Zeit hatte sie einen weiteren Orgasmus. Sie wollte nicht, daß ich aufhörte, und mir war das schon recht. Es war lange nach Mitternacht, als ich sie mit in meine Wohnung nahm, wo wir uns die ganze Nacht hindurch weiter liebten. Am nächsten Tag mußte sie bei mir bleiben, bis die Geschäfte aufmachten. Ich mußte ihr ein neues Kleid kaufen, weil ich das alte total ruiniert hatte. Einen Monat später waren wir verheiratet. Della hörte mit der Schule auf und suchte sich eine Stelle, um mich beim Studium zu unterstützen. Es war eine harte Zeit, aber wir schafften es, und als ich eine Stelle bei der Raumfahrtbehörde bekam, waren wir fein raus.

Als es dann mit unserer Ehe so langsam bergab ging, schob ich alles auf Della; wenn ich aber jetzt zurückblikke, erkenne ich, daß ich mindestens genauso Schuld hatte wie sie. Damals steckte noch viel Feindseligkeit in mir. Ich haßte die ganze Scheißwelt. Vor allem haßte ich sie, weil ich im Herzen immer noch Samuel Greenburg war, ein Kind aus den Slums, ein »dreckiger kleiner Jidd«. Ich kam mir minderwertig vor. Ich wieß, daß ich einen guten Teil meiner Miesheit an Della ausließ und daß ich eifersüchtig war.

Unablässig wartete ich darauf, daß sie mich hinterging. In der Nachbarschaft wohnte ein Mädchen namens Carol, mit dem Della etwas anfing. Carol taugte nichts, das wußte ich, denn sie hatte, obwohl sie Dellas beste Freundin war, schon einige Male recht deutlich versucht, mich anzumachen. Ich hätte es Della sagen können, aber das tat ich nicht, weil ich ein schlechtes Gewissen hatte. ich hatte noch nicht nach dem saftigen Köder gegriffen, den sie mir unter der Nase baumeln ließ, aber, verdammt noch mal, ich wollte sie, und das hielt mich davon ab,

Della etwas zu sagen, selbst als sie anfing, viel Zeit bei Carol zu verbringen. Ich wußte, daß das Flittchen sie verleiten würde.

Und dann kam der Tag, an dem ich nachmittags überraschend frei bekam. Als ich heimkam, war Della nicht da, und ich wußte ganz gut, wo sie steckte. Ich war noch nicht einmal überrascht, als ich zwei Autos in Carols Einfahrt stehen sah, Carols Kleinwagen und ein anderes. Ich hielt mich nicht erst lange mit Klopfen auf, sondern ging gleich über die Veranda ins Wohnzimmer, wußte, was mich erwartete, war schon fuchsteufelswild. Und ich wurde nicht enttäuscht. Ein Kerl hatte Carol auf dem Boden. Beide waren nackt. Der andere hatte Della auf der Couch, natürlich auch nackt.

Die beiden Mädchen waren entsetzt. Ich ballte die Faust und machte einen Schritt auf Della zu, aber da verließ mich plötzlich aller Zorn, mir wurde plötzlich übel. Ich mußte aus dem Zimmer und mir eine Stelle suchen, wo ich kotzen konnte. Ich ging zurück in unsere Wohnung, packte meinen Kram in den Wagen und fuhr in ein Motel am Stadtrand. In dieser Nacht besoff ich mich und las in einer miesen Bierkneipe eine Mexikanerin auf. Sie war dick, dunkel und gemütlich. Ich behielt sie bei mir, als ich eine andere Wohnung gefunden hatte, bis sie nach einigen Tagen mal betrunken war, wegging und nie wiederkam. Della versuchte nicht, Verbindung mit mir aufzunehmen, aber von Freunden hörte ich, daß sie wieder arbeitete.

Eine Zeitlang hatte ich eine Frau nach der anderen und zog dann schließlich mit einer Italienerin zusammen, die Angie hieß. Sie war ein hübsches Ding, leicht bei Laune zu halten.

Aber ich war nicht froh. Ich wollte meine eigene untreue, liebe Frau wieder haben, aber ich war nicht Manns genug, zu ihr zu gehen und sie um Verzeihung zu bitten. Irgendwie hatte ich es fertiggebracht, mich in sie zu verlieben und jetzt, wo wir getrennt waren, erkannte ich, daß die Tatsache, daß sie mit einem anderen Kerl schlief, vielleicht mit einer Menge anderer Kerle schlief, nicht entscheidend war. Entscheidend war, daß ich wie ein Trampeltier durchs Leben gestolpert war, alles umgeschmissen hatte, wenn es nicht nach meinem Kopf ging, mich selbst bemitleidete, weil ich ein wahres Ungetüm von Minderwertigkeitskomplex mit schleifte.

An diesem Abend ging ich zu Della, sagte ihr, daß ich sie liebte und wiederhaben wollte.

»Ich liebe dich auch, Sam«, sagte sie und lächelte mich zärtlich an, »aber ich glaube, es ist für uns beide besser, wenn wir uns scheiden lassen. Wir passen nicht zueinander. Du bist zu eifersüchtig, ich bin zu unstet. Mit dir bin ich lieber verheiratet als mit sonstwem, aber jetzt, wo ich mit anderen Männern auf den Geschmack gekommen bin, könnte ich dir nie mehr treu sein. Tut mir leid, Sammy, aber so ist es halt.«

Ich dachte darüber nach. Ich mußte ihr zugestehen, daß sie ehrlich war, und ich war krank vor Sehnsucht nach ihr. »Vielleicht wäre das nicht so übel«, sagte ich zögernd. »Ich habe auch schon daran gedacht. Ich glaube, ich würde dich lieber mit anderen teilen als dich überhaupt nicht mehr zu haben. Ich bin auch kein Heiliger. Die Sache, die ich gegen Carol hatte, war etwas anderes. Ich war scharf auf sie und haßte mich deswegen, ich habe meinen Haß auf sie losgelassen, weil ich wegen ihr kein schlechtes Gewissen haben wollte.«

Sie kam zu mir herüber und legte ihren Kopf auf meine Knie, sah mich forschend an. »Auf dieser Basis könnte unsere Ehe funktionieren, Schatz.«

SAM GREEN

## 4 Della Green

Ich bin in Chicago geboren. Meine Eltern waren, wie die von Sam, Juden, aber nicht orthodox. Mein Vater starb, als ich sieben war. Nach drei Jahren heiratete meine Mutter wieder, und ihr neuer Mann nahm uns mit nach Kalifornien. Joe war ein kleiner, sehr gut aussehender Mann; mir schien immer, daß die beiden ein sehr sonderbares Paar abgaben. Sie ist eine sehr dicke Frau, die nach ihrer zweiten Heirat noch mehr zugenommen hatte.

Ich mochte Joe. Bei Gott, er war wirklich gut zu mir, so gut, daß er mich schrecklich verwöhnte. Aber ich hatte keinen Respekt vor ihm. Selbst als Kind war mir bewußt, daß er ein Schwächling war, der typische kleine graue Mäusemann mit der dicken, ihn überragenden Frau.

Ich war ein frühreifes kleines Stück: Schon früh begannen meine Brüste sich zu heben, zwischen meinen Beinen sprießte Schamhaar. Ich hatte dunkles Haar, dunkle, fast schwarze Augen und die olivfarbene Haut, die typisch für meine Rasse ist. Es war mir schon klar, daß ich hübscher war als die meisten Mädchen in meinem Alter, und ich wurde sehr eitel. Ich wußte, daß die Mädchen in meiner Klasse mich haßten, aber das kümmerte mich nicht, weil die Älteren immer herumtönten, welch kleine Schönheit ich sei, und das schlürfte ich natürlich mit demselben Behagen ein wie die Katze die Sahne. Und die Jungen, besonders die älteren aus der höheren Schule, konnten nicht von mir lassen. Ihre Bewunderung stachelte mein schon flammendes Selbstbewußtsein weiter an, aber ich hielt sie alle in sicherer Distanz, denn Mama hatte mir erklärt, daß ich einen kostbaren Schatz in meiner kleinen Muschi hätte, den ich mit meinem Leben verteidigen müsse, besonders gegen die Jungs. So bekam ich den Eindruck, als trügen die Jungen ein Werkzeug mit sich herum, so etwas wie ein Brecheisen, und die ekligen Kerle hätten nur eines im Sinn: mein Schatzkästlein zu öffnen und mir mein Juwel zu rauben.

Das alles war sehr rätselhaft und vage, aber verführerisch. Ich verbrachte Stunden in meinem Zimmer, hockte in einer Art Yoga-Haltung da und versuchte, mit einem Handspiegel diesen herrlichen und kostbaren Teil meines Körpers zu erforschen, aber alles, was ich sehen konnte, war ziemlich unattraktiv. Ich fummelte sogar im Innern herum, versuchte, die Kostbarkeit mit dem Finger zu entdecken. Das Ergebnis war nicht völlig enttäuschend. Bei der Durchführung dieser Experimente entdeckte ich, daß man gewisse angenehme Empfindungen erzeugen konnte. Ich hatte masturbieren gelernt! Und weil ich eine lebhafte Fantasie hatte, kostete ich dieses herrliche Laster gründlich aus. Dies war, da bin ich sicher, die vollkommene Liebesaffäre ... vollkommen zumindest für ein Mädchen, das sowieso schon unsterblich in sich selbst verliebt ist.

Mama war ganz davon überzeugt, daß ich ein braves

Mädchen war, denn es war deutlich zu sehen, daß ich mich für Jungen nicht interessierte. Was brauchte ich sie auch?

Irgendwann bemerkte ich, daß mein Stiefvater zunehmends Interesse für mich zeigte. Schon immer war er lieb und freundlich zu mir gewesen, aber ich meinte einen anderen Ausdruck in seinen Augen zu erkennen, eine Art dumpf leidender Sehnsucht, wenn er in meiner Nähe war. Einmal erwischte ich ihn dabei, als er durch einen Spalt im Türrahmen zusah, wie ich mich umzog. Weil mir das ungeheuer schmeichelte, zog ich eine richtige Schau für ihn ab, puderte und desodorierte mich umständlich und zog mich sehr langsam und verspielt an. Ich fragte mich, ob er versuchen würde, mit mir zu schlafen. Ich war mir nicht ganz sicher, ob ich ihn lassen würde, aber ich wollte, daß er sich meinetwegen bemühte.

Dann, als Mama es einmal ablehnte, mir einen neuen Kaschmirpulli zu kaufen, entdeckte ich, daß ich aus Joes Begierde Kapital schlagen konnte.

»Kaschmir!« kreischte sie entsetzt. »Zwei gute Pullis hast du schon, und jetzt mußt du auch noch einen Kaschmirpulli haben!«

Joe saß mit der Sonntagszeitung im Wohnzimmer. Ich setzte mich auf die Lehne seines Sessels und sorgte dabei kunstvoll dafür, daß mein Rock bis zu den Hüften hochrutschte, als ich mich niederließ. Ich lehnte mich über ihn und ließ eine Brust fast an seiner Wange entlangstreifen.

»Mama sagt, daß ich keinen neuen Pulli haben kann«, jammerte ich. »Er kostet nur zwölf Dollar. Bist du so gut und sprichst mal mit ihr . . .? Bitte!« Ich betrachtete sein Gesicht, amüsierte mich über seine Augen, die beim Anblick meiner nackten Schenkel fast aus den Höhlen traten.

»Bitte?« wiederholte ich und bewegte mein Bein, bis es

leicht die Knöchel seiner Hand berührte. Er leckte sich die Lippen, und ich war entzückt, als ich sah, daß er ein bißchen zitterte. Dieses Gefühl berauschte mich und sandte eine Welle des Begehrens durch meinen Körper.

»Ich ... ich ... ich werde mit deiner Mutter reden«, sagte er lahm, »aber du weißt ja, wie sie in Geldsachen ist.«

Ich stand auf und spürte, daß Triumph und Enttäuschung sich in mir die Waage hielten.

Ich bekam den Pulli. In dieser Nacht hörte ich sie im Schlafzimmer stundenlang streiten. Zum ersten Mal erlebte ich, daß er sich ihr gegenüber behauptete. Nach diesem Vorfall konnte ich alles von ihm haben, was ich wollte und da ich seine Schwächen kannte, machte es mir Vergnügen, ihn zu reizen. Ich fing an, ohne Büstenhalter im Haus herumzulaufen und paßte nur auf, daß nichts hüpfte, wenn Mama in der Nähe war. Wenn ich mich hinsetzen wollte, suchte ich mir einen Sessel aus, der Joe gegenüber stand und machte mir ein Vergnügen daraus, meine Beine langsam zu kreuzen und wieder zu spreizen. Es ist ein Wunder, daß der arme Kerl keinen Herzanfall bekam. Ab und zu warf ich einen verstohlenen Blick auf die Wölbung seiner Hosen, die wuchs und wuchs. Mein Gott! Ich wollte, daß er es zumindest *versuchte.* Ich wußte, daß er nicht *so* moralisch war. Er hatte einfach nicht den Nerv dazu.

In der Schule und auf dem College fing ich an, Verabredungen zu haben. Alle Burschen wollten mit mir ausgehen, die meisten versuchten, mich zu legen, aber keiner schaffte es. Ich hatte ganz genau gelernt, wie weit ich mit einem Mann gehen konnte, und das Ergebnis war nicht nur großartig, sondern auch einträglich. Sie gaben großzügig ihr Taschengeld für mich aus, führten mich in die besten Lokale und kauften mir teure Geschenke. Kurz gesagt, ich war ein raffiniertes Biest geworden, das alles nahm und nichts dafür gab.

Es war aber auch nicht immer leicht für mich. Oft war ich von ihrem Küssen und Fummeln ziemlich erregt, aber ich hatte noch einen Trumpf in der Hand. Ich konnte immer heimgehen und mich in den Schlaf masturbieren. In Wirklichkeit sehnte ich mich nur nach einem Verhältnis mit einem Mädchen.

Es mußte Sam Green kommen, der die Mauern meiner Festung erstürmte und alle Gedanken an Mädchen aus meinem Kopf verbannte. Von der ersten Begegnung an wußte ich, daß er männliche war als alle anderen, denen ich zuvor begegnet war. Er war groß, rauh und hart. An ihm war eine Wildheit, die mich gleichzeitig schreckte und faszinierte. Ich verabredete mich mit ihm und ließ meine üblichen Tricks los, aber sie wirkten nur bis zu einem gewissen Punkt.

Mein Weg ohne Umkehr begann eines Abends, als er mit mir in seinem Cadillac-Cabrio zum Stausee fuhr. Ich bestimmte die Regeln des Spiels, für eine Zeit hielt er sich auch daran. Aber dann bekam ich Angst; nicht vor Sam, sondern vor mir selbst. Seine Küsse und seine fordernden Hände entflammten mich, wie ich es nie zuvor erlebt hatte.

»Zeit, die Sache abzukühlen, Sam«, sagte ich und versuchte, mich aus seinen Armen zu winden.

»Verdammt, von wegen abkühlen!« grollte er. »Du hältst mich jetzt schon lange genug hin, du raffiniertes Ding. Heute nacht passiert es, daß die Federn fliegen.«

»Nein! Bitte nicht, Sam! Ich bin noch Jungfrau!«

»Na und?« Er lachte rauh. »Sag deinem Kränzchen *arrivederci*, Schätzchen. Jetzt heißt es Abschied nehmen.« Mit wenigen geschickten Griffen hatte er mich vollkommen ausgezogen. Mein anfänglicher leiser Widerstand war längst gebrochen.

Zärtlich, aber bestimmt, hielt er meinen Oberkörper zurück, als er sich auf mich schob und mit seinem großen Ding an den Eingang meines Schatzkästchens stieß. Langsam begann er seine Hüften zu bewegen, und ich hatte das Gefühl von etwas Fremdem, Riesigem, das das Innere meines Körpers erforschte.

Und dann entdeckte ich, daß es nicht ausgesprochen unangenehm war, unter ihm zu liegen. Ich spürte sanfte Küsse an meinen Brüsten, suchend, als wolle er eine stärkere Reaktion von mir erflehen.

Versuchsweise bewegte ich meine Hüften im Rhythmus von Sams Bewegungen, das verstärkte die Wärme und ein wohliges Kitzeln in mir. Ich legte meine Arme um ihn, zog ihn dichter heran und erwiderte seine Küsse. Ich war unendlich froh, daß ich endlich entjungfert worden war und ganz besonders glücklich, daß Sam es getan hatte.

Als es mir kam, war das Erlebnis unsagbar. Masturbation, lesbische Träumereien ... das waren Kinderspiele, verglichen mit diesem tobenden Gewitter der Leidenschaft, das ich jetzt erfuhr. Ich warf mich nach oben, wollte mehr von Sam haben, wollte, daß er sich noch tiefer in mir vergrub, und als er den heißen Strahl seines Samens in mir entfesselte, wurde ich fast verrückt vor Glück.

Und später, als Sam vor mir in die Knie ging und meine Muschi küßte, verliebte ich mich in ihn. Mir schien, als hätte ich Stunden so gelegen, gelöst auf dem Vordersitz des Wagens, während er leckte und an meiner Klitoris spielte. Es kam mir wieder und wieder, es war himmlisch.

Im ersten Jahr war die Ehe mit Sam herrlich. Erst als er sein Examen gemacht hatte und zur Arbeit ging, wurde ich unruhig. Sam nimmt alle Schuld an unserer Trennung auf sich, aber es war überhaupt nicht seine Schuld. Sicher, manchmal war er gemein, aber ich verstand seine Launen besser als er selbst. In dieser Zeit war ich gänzlich unmoralisch, wie ich es immer schon gewesen war. Ich liebte Sam, aber ich fing an, an außerehelichen Sex zu denken, und meiner Meinung nach hatte ich auch ein Recht dazu. Ich fing wieder zu masturbieren an und ließ meine erotische Fantasie auf Reisen gehen, wie ich es als Kind getan hatte. Ich verlangte nach lesbischer Liebe und nach anderen Männern. Das Leben als Hausfrau kam mir trübe und langweilig vor und ich dachte mir, daß ich nicht dazu gemacht sei, mir den Kitzel, der das Leben erträglich macht, zu versagen.

Als ich Carol traf, meinte ich, sie sei die Lösung meiner Probleme. Sie war gerade in meinem Alter und war ein Jahr lang verheiratet gewesen. Ein scharfes Stückchen war sie, und ich ließ mich gehen, träumte wilde Tagträume, in denen ich ihre üppigen Brüste streichelte und ihre feuchte duftende Pussy küßte. Ob sie wohl...? Könnte ich es wagen? Mir fehlte der Mut, den ersten Schritt zu tun, also wartete ich, wurde immer frustrierter und verzweifelter, weil sie mir keinen Wink gab. Eines Tages tat sie das, aber auf eine ganz andere Art.

»Hast du Sam schon einmal betrogen?« fragte sie mich ganz offen.

»Nein. Hintergehst du Cliff?« War es jetzt soweit? Ich lehnte mich eifrig vor.

Sie grinste. »Manchmal. Ab und zu muß ich es einfach mit einem anderen Mann tun. Ich liebe Cliff, aber, verdammt noch mal, die Ehe ist für mich einfach zu monoton.«

Ich lachte nervös, krank vor geheimem Verlangen und vor Enttäuschung. »Das beweist nur, daß du ein Mensch bist. Einen Moment lang habe ich gedacht, du wolltest sagen, daß du eine Frau haben wolltest.«

Sie betrachtete mich verschmitzt. »Du meinst, du hast *gehofft*, ich würde das sagen. Ich habe das von Anfang an gespürt. Als ich noch jung war, habe ich es mal ausprobiert und es war fantastisch, aber seit ich älter bin, ziehe ich Männer vor.«

Ich sah in meine Kaffeetasse, nicht fähig, ihr ins Gesicht zu sehen. »Meinst du, du könntest es noch einmal versuchen?« Meine Stimme war nur ein Flüstern.

»Herrje, der Gedanke macht mich nicht gerade besonders wild, Della, aber ich habe nichts dagegen. Wenn es dich glücklich macht – gut, gehen wir ins Schlafzimmer. Wenigstens bringen wir damit die Zeit herum.«

Ich konnte es kaum erwarten, bis ich meine Kleider unten hatte, und es war wie eine Heimkehr, als ich Carol küßte und streichelte; es war, als käme Barbara aus der Vergangenheit, um ihre Brüste an meinen zu reiben, meine bebenden wollüstigen Schenkel zu streicheln. Ich zitterte, als wir einander leckten; dann, bevor es uns kam, fühlte ich, daß alles anders war, und mein Orgasmus war ein blasses, lebloses Ding. Ich wünschte, wir hätten überhaupt nicht damit angefangen.

»War ganz schön schlaff, was?« sagte Carol wissend. »Das ist Kinderkram, Della. Das funktioniert nie, wenn man wieder Kind sein will. Was du brauchst, ist ein Mann. Morgen vormittag kommt ein guter Freund von mir vorbei. Wenn du willst, bringt er einen Kumpel mit, einen Mexikaner. Wir vier könnten ganz schön Spaß machen. Na, wie ist's?«

»Na gut«, stimmte ich zu.

Ich war bei Carol, bevor die Männer kamen und sah, daß auch sie erregt war.

»Ich bin nicht sicher, ob ich die Sache überhaupt machen will«, sagte ich zu Juan, dem vierschrötigen Mexikaner, als wir im Schlafzimmer allein waren. »Ich bin eine verheiratete Frau und habe so etwas noch nie gemacht.«

Es funktionierte tadellos. Ohne ein Wort zu sagen, schob der riesige Mann meinen Rock hoch und bedeckte mich mit unzähligen Küssen.

Ich ging in die Knie, nahm ihn in den Mund, genoß es, wie er zwischen meinen Lippen schießlich hart und steif wurde. Es wurde die ekstatischte Nacht meines Lebens.

Von da an machte ich es oft mit Juan, auch mit anderen, die zu Carol kamen. Es war einfach nur Pech, daß Sam eines Tages unerwartet nach Hause kam und uns erwischte. Ich wußte manches von Sam, das ihm selbst noch nicht ganz klar war, und ich wußte, daß er einen guten Vorwand haben würde, mich zu verlassen, wenn er mich mit einem anderen Mann erwischte; allerdings einen sehr guten Vorwand, wie ich zugeben mußte. Er hatte mir von Penny erzählt, und ich wußte, daß er über diesen Verlust nie weggekommen war. Ich wünschte mir, er wäre zu ihr zurückgegangen. Vielleicht war ihre Ehe schiefgegangen, vielleicht hätten die beiden es noch geschafft. Ich liebte ihn, aber ich konnte ihn nicht glücklich machen; ich glaube, die Absicht, ihn Penny zurückzugeben, war der erste wirklich uneigennützige Gedanke, den ich in meinem Leben hatte.

DELLA GREEN

## 5   Jack Martin

Ein hoffnungsvoller junger Mann fragte mich einmal, wie man Offizier in der US-Marine wird. Ich gab ihm zur Antwort, die einzige empfehlenswerte und wirkungsvolle Methode sei, als Sohn von Thomas Martin, Konteradmiral a. D., geboren zu werden. Man könnte sich darauf verlassen, daß der Admiral darauf besteht, seinen Sohn auf die beste Marineakademie zu schicken, auch wenn dieser Sohn Cowboy, Indianer oder Fußballprofi werden will. Das ist zumindest mir passiert.

Die Marineakademie von Annapolis ist eine große Schule, auch wenn es dort keine Demonstrationen, Verbindungen und Hasch-Parties gibt. Der einzige Nachteil ist, daß es keine Studentinnen gibt. Trotz zahlreicher schlechter Noten schloß ich erfolgreich ab und wurde als Leutnant zur See auf eine Reise in den Pazifik geschickt. Ein Leutnant zur See ist, falls Sie das nicht wissen sollten, ein Gentleman. So steht es wenigstens in den Dienstvorschriften der Marine. Er ist ein Gentleman, der von den älteren Offizieren als eine Art Kreuz betrachtet wird, das ihnen von einer sadistischen höheren Stelle auferlegt worden ist. Bitte, entschuldigen Sie mich für einen Moment, während ich mich dreimal in Richtung Washington D.C., Marineministerium, verbeuge.

Bei einer Abschiedsparty, die meine stolzen Eltern mir zu Ehren in ihrem Haus in Boston gaben, machte ein anderer Admiral außer Dienst eine unglücklicherweise zutreffende Ankündigung, was meine Karriere in der Marine betraf. »Ich kann nur hoffen«, sagte er, »daß du, wie dein berühmter Vater, deine Zeit als Jungoffizier vornehmlich in Kriegszeiten verbringst. Der Krieg wird dich so beschäftigen, daß du keine Zeit hast, dich von deinen großen Fäusten und deinem langen Ding in Schwierigkeiten bringen zu lassen.« Er seufzte erinnerungsschwer. »Ich erinnere mich gut an die Zeit, als dein Vater und ich uns betranken und OM FATS Hurenhaus in Singapur kurz und klein schlugen. Verdammt, sie brauchten fast einen ganzen Zug Marinesoldaten, um uns zu Ruhe zu bringen«, fügte er stolz hinzu.

Ich begab mich nach Kalifornien und meldete mich in San Pedro auf meinem Schiff zum Dienst. Es war die U.S.S. Tompkins, ein Begleitzerstörer. Die kommenden Ereignisse warfen schon ihre langen, dunklen Schatten voraus, als ich mich bei Commodore Scott vorstellte. Schon bei unserer ersten Begegnung faßten wir eine sofortige Abneigung, die aus tiefstem Herzen kam und gänzlich auf Gegenseitigkeit beruhte. Er war ein gebildeter Mistkerl. Kurzgeschnittenes graues Haar, kurzgeschnittene grauer Schnurrbart und eine Haltung, die einen glauben ließ, er habe einen Besenstiel im Kreuz.

Die Tompkins lag in San Pedro fest, und ich zog, als der Tagesdienst vorbei war, sofort meine neue Ausgehuniform an. In Begleitung von Lt. z. S. Burt Tolliver und

Lt. Mike Donovan ging ich auf die Suche nach den Fleischtöpfen und Vergnügungen von San Pedro. Wir schlenderten am Dock entlang in Richtung Stadt, als ein Lincoln Continental, der so ungefähr die Größe eines Minenlegers hatte, auf uns zusteuerte. Ich blieb stehen, als hätte man mir einen Schlag auf den Kopf versetzt. Und das war auch so. Hinter dem Steuer des Lincoln saß etwas Ungeheures. Und nur das beschreibt sie. Sie war einfach ein lebendig-liebliches Nonplusultra. Aschblondes Haar hatte sie, das ein Engelsgesicht einrahmte, süße Unschuld. Blitzende blaue Augen, eine reizende kleine Nase, weiche Lippen, zart geschwungen. Sie trug ein weißes ärmelloses Kleid, das mit der goldenen Bräune ihrer wunderschön gerundeten Arme kontrastierte.

»Tut mir leid, Kameraden«, sagte ich zu meinen Begleitern, »aber ihr werdet die Vergnügungen des Abends ohne mich bestehen müssen. Ich spüre, daß ich mich von den Stummelflügeln eines Lincoln Continental ins Paradies tragen lassen werde.«

»He, um Himmels willen, laß dich bloß nicht mit dieser Nutte ein«, flehte Mike Donovan.

»Komm her, du Depp«, zischte Burt Tolliver. »Das ist die . . .«

Ich hörte nicht hin. Ich stellte mich dem Lincoln in den Weg, streckte wie ein Anhalter den Daumen aus. Sie mußte entweder anhalten oder mich überfahren. »Eigentlich wollte ich ein Taxi nehmen«, sagte ich, als ich die Wagentür öffnete und neben sie glitt, »aber das brauche ich jetzt nicht mehr. Es ist so nett von dir, mich abzuholen, Schätzchen, außerdem spare ich das Fahrgeld. Wir müssen jetzt auf den Pfennig sehen, wo das Baby bald kommt.«

Sie fuhr weiter, als hätte sie die Rolle schon seit Wochen gespielt. »Es ist ganz schön schwer, mit einem Leutnantsgehalt auszukommen«, sagte sie, und nur der kleinste Schimmer eines Lächelns spielte um ihre Mundwinkel, »aber ich beklage mich nicht, Schatz. Nächste Woche, wenn du zum Admiral befördert wirst, können wir die Jacht, das Haus in der Stadt und meine Diamanten bezahlen.«

Während sie sprach, wendete sie auf der Straße. Als wir an meinen erstaunte Kameraden vorbeifuhren, langte ich hinüber und drückte auf den Hupring, um ihnen spöttisch Salut zu geben. Dann wandte ich meine Aufmerksamkeit wichtigeren Dingen zu. Da waren zunächst ihre köstlich langen Beine. Gesegnet seien alle Miniröcke, besonders, wenn sie ein Mädchen mit einer solchen Figur trägt. Gott muß in einer Sexy-Stimmung gewesen sein, als er sie erschuf. Ich sehnte mich danach, diese langen seidigen Beine zu liebkosen, entschied aber, dies vorerst sein zu lassen. Vielleicht für drei Minuten?

»Wenn wir gerade vom Baby sprechen«, sagte ich, »ich möchte ja nicht zu konventionell sein, aber meinst du nicht, wir sollten *vor* dem gesegneten Ereignis heiraten?«

»Ich habe gehört, daß das unter den hiesigen Eingeborenen Stammessitte ist«, gab sie zurück, »aber, wie du siehst, ist da ein ganz kleines Hindernis.« Sie hob die linke Hand vom Steuerrad und wackelte mit dem Ringfinger. In der kalifornischen Sonne glänzte ein Ehering, ekelhaft. »Wenn du vorhast, mich bald zu schwängern, vielleicht an diesem Abend, sind immer noch neun Monate Zeit für eine Scheidung. Nebenbei bemerkt, ich bin Susan Scott, die Gattin deines (schluchz) geliebten Commodore.«

»Du meinst . . .?« Es war nicht zu glauben.

»Ja, er ist es. Die Mannschaften nennen ihn ›Old Scrotum‹.«

»Ich könnte ihn umbringen«, schlug ich hoffnungsvoll vor. »Das könnte die Sache beschleunigen. Es ist schon schlimm genug, daß du mit diesem Kerl verheiratet bist. Ich will nicht, daß auch unser Sohn einer wird.«

Sie schüttelte den Kopf, dabei schwang ihr Haar wie in einer Fernsehwerbung für Schampoo. »Er ist nicht kleinzukriegen. Man hat es schon ausprobiert.«

Die drei Minuten waren vorbei. Ich rutschte näher und legte meine Hand auf ihren kühlen, wollüstigen Schenkel. »Sollen wir etwas trinken gehen?« fragte ich und schob meine Hand nach oben, bis sie feuchtes Nylon berührte. »Oder gehen wir gleich in ein Hotel und beginnen mit der Zeugung unserer Nachkommenschaft, Bastard oder nicht? Nebenbei, ich bin Jack Martin.«

»Angenehm, Mr. Martin, und nehmen Sie freudlicherweise Ihre Hand weg, das heißt, vorübergehend, weil ich sonst fürchte, die Kontrolle über mich und diese Karosse aus Detroit zu verlieren.«

Den Drink verschoben wir auf später und gingen in ein Motel. Kaum waren wir im Zimmer, da nahm ich sie schon in die Arme und küßte sie. Als ich sie küßte, kam es mir vor, als wäre ich vom Nordpol in einen Hochofen versetzt worden. Sie hatte wirklich Sex mit Instant-Effekt.

»Mein Herr«, sagte sie leise, »ich hoffe, Ihre Absichten sind äußerst unehrenhaft.«

»Keine Angst«, versicherte ich ihr. »Ich will Sie nur ausziehen, Ihren lieblichen Körper auf das Bett legen,

Sie lieben bis Ihre Muschi glücklich ist, sie dann küssen, bis sie wieder will, damit ich Sie wieder lieben kann.«

»Oh, welche Erleichterung«, murmelte sie. »Ich hatte schon befürchtet, Sie hätten böse Absichten.«

»Jetzt aber Ruhe«, befahl ich sanft, als ich nach dem Reißverschluß ihres Kleids griff und ihn öffnete. Susan hatte keinen Büstenhalter an.

Ich sagte bereits, daß sie ungeheuer war. Der Versuch, sie mit so plumpen Hilfsmitteln, wie es Adjektive sind, zu beschreiben, entspräche dem Unterfangen, feindliche Bomber mit einer langstieligen Fliegenpatsche herunterzuholen. Sie war eine goldene Göttin.

Dann zog sie mich aus, erfreute sich mit kindlich-süßem Entzücken an meinem hochgereckten Schaft und meinen Dingdongs, die, eingekuschelt in ihrem haarigen Nest, in Vorfreude warteten. Ich war, kurz gesagt, auf Gefechtsstation, bereit, meine Pflicht zu tun, wie es sich für einen Marinesoldaten gehört. In diesem Zimmer gab es weder Radio noch Fernsehen, aber ich könnte schwören, daß, als ich sie auf das Bett legte, Musik erklang, ein leises Pfeifen wie aus einer Flöte, geblasen von einem fröhlichen Kerlchen mit spitzen Ohren und Bocksfüßen.

Ich vergrub mein Gesicht zwischen den duftenden Hügeln ihrer Brüste, schwelgte in der Berührung ihrer goldenen Haut. Ihre herrlichen Beine hatte sie gespreizt und hoch in die Luft gehoben, so daß mein pochender Herr erst an ihrem zuckenden Po spielte und dann ihre rhythmisch zuckende Muschi fand. Als ich mein Ziel gefunden hatte, senkte sie die Beine, schlang sie um mich, setzte ihre Fersen an meinen Hintern und zog mich in sich hinein.

Oh, Träume vom Paradies! Als ich in sie glitt, wurde er

liebkost, als leckten ihn tausend winzige zarthäutige Zungen!

»Jetzt halt ganz still«, flüsterte sie, als ich in ihren Kanal eingefahren war und den Hafen erreicht hatte. »Nicht bewegen, Liebling, ich will dir etwas zeigen.«

In der Tat, sie zeigte mir etwas! Noch nie war mein Kerlchen von einer Muschi so abgesaugt worden. Kaum bewegte sie ihre Hüften, zog abwechselnd die Muskeln ihrer Pussy zusammen und entspannte sie wieder, so raffiniert, daß es mir vorkam, als bekäme ich einen geblasen.

Ach, arme Sterbliche, die ihr dies lest, ich bedaure euch, daß ihr nie einen Orgasmus, hervorgebracht von Susans zauberhafter Technik, erleben könnt. Stellt euch, wenn ihr könnt, einen Orgasmus von dreifacher Stärke vor. Nun stellt euch vor, daß dieser überwältigende Augenblick der Wahrheit verlängert wird, so daß die quälende Spannung doppelt so lange dauert wie gewöhnlich. Es erschüttert eure Fantasie, wenn ihr nur daran denkt, aber, wie wäre es erst, das tatsächlich zu erleben? Ja, ich starb ein wenig. Wer sagt, daß der Tod nicht schön sein kann? Ich wurde aus dieser Welt in eine andere getrieben, eine Welt, die man mit Haschisch oder LSD niemals finden oder erreichen kann. Und in dieser Welt trieb ich in einem wirbelnden Nebel der Leidenschaft, jeder Nerv in meinem Körper schrie im Entzücken unerträglicher, unaussprechlicher Lüste. Nach einem Jahrhundert, oder nachdem ich meinen Geist verloren hatte, trieb ich wieder über die Grenze und wurde wiedergeboren. Aber ich sollte nie wieder der Alte sein.

Ich öffnete die Augen. Ich lag neben ihr auf dem Bett, ihr liebes Gesicht war nur eine Handbreit von meinem entfernt. Ich überwand die Entfernung und küßte sie.

Ihre Lippen waren wie der Duft von Jasmin in einer heißen Sommernacht; ihre Finger begannen einen langsa-
men Tanz über meinen Körper. Ich war ganz sicher, daß
ich leer, erledigt, fertig war. Ich dachte, es könnte einfach
nicht noch eine Erektion kommen. Vorerst jedenfalls
nicht. Aber warum stand das verdammte Ding dann da
wie ein Kadett bei der Inspektion? Und warum brannten
meine Eingeweide in der neu erwachten Begierde? Normal war das nicht.

»Ich glaube, ich bin wund genug für einen lindernden
Kuß«, schlug sie schüchtern vor.

Ich stimmte ihrer Diagnose zu und beugte mich hinunter, um ihr Muschi-Schätzchen zu küssen. Sie spreizte die
Beine, beugte die Knie und hob ihre Scham meinem Gesicht entgegen. Ich rieb meine Wangen an der samtenen
Haut ihrer Schenkel und senkte mein Gesicht in die duftende Pforte zum Paradies. Bei der Marine gibt es so eine
Redensart, daß alle Muschis gut sind. Man kann sie nur
als gut, besser und am besten klassifizieren. Aber Susans
Muschi war überragend, das zarte Fleisch nachgiebig
und geradezu einladend. Sie war so ein saftiger Typ, floß
schier über von jenem göttlichen Nektar, der ihrem Altar
entströmte. Ich trank ihn, wusch mein Gesicht darin,
schwelgte. Ich fand ihre gut ausgebildete Klitoris, nahm
sie zwischen die Lippen, reizte und kitzelte sie mit der
Zunge, während meine Hände ihre goldenen Schenkel
kneteten. Und ich machte weiter, bis sie um Gnade wim-
merte, ihre Hüften tanzten, ihre Fäuste trommelten auf
dem Bett. Dann, als ich sie wohl ein dutzendmal bis an
die Grenze gebracht hatte, bekam ich Mitleid und ließ es
ihr kommen.

»O Jack!« schrie sie, ihre Stimme vom Schluchzen verzerrt, »o Jack, du süßer Schatz, ich liebe dich!« Als sie sich wieder erholt hatte, drehte sie mir den Rücken zu und ließ mich von hinten in ihre Muschi eindringen. Wieder vollbrachte sie ihren eigenartigen, erstaunlichen Trick, molk mich mit ihrer Pussy, während ich mich ihren Brüsten spielte und die süße Haut an ihrem Hals und ihren Schultern küßte.

»Nebenbei«, sagte ich später, »wann willst du die Scheidung einreichen?«

»Er wird sich nie scheiden lassen«, gab sie verbittert zurück. »In diesem Fall werde ich mir einen Plan überlegen, wie ich ihn beiseite schaffen kann.«

»Ich würde dir nicht erlauben, dieses Risiko auf dich zu nehmen, trotzdem ist die Vorstellung einfach verführerisch. Stell dir vor, die Chinesen würden ihn gefangen nehmen. Dort gibt es zum Beispiel den Tod der tausend Messer. Entzückend.«

Susan erzählte mir, daß ihr Vater Leutnant war, ein Mustang, wie die Offiziere genannt wurden, die aus dem Mannschaftsrang aufgestiegen waren.

Selten, sehr selten werden Mustangs über den Rang eines Leutnants hinaus befördert. Susans Vater hatte auf einer Marinebasis in Seattle unter Commander Scott gedient. Scott wollte Susan, die damals achtzehn war, haben, und machte ihrem Vater klar, daß er befördert werden würde, wenn Susan ihn heiraten durfte. Papi wiederum machte Susan, die ein gutes Kind und eine pflichtbewußte Tochter war, klar, daß sie mit Commander Scott ins geheiligte Ehebett steigen sollte. Aber Old Scrotum löste sein Versprechen nicht ein. Noch immer war Susans Vater Leutnant, blieb grimmig bei der Sache und wartete auf seine Pensionierung. Sie hatte Old Scrotum um die

Scheidung gebeten, der aber hatte das abgelehnt, nicht etwa, weil er im Bett Spaß an ihr gehabt hätte, nein, er war impotent, er wollte sie einfach nur als Schmuckstück haben und mit ihr herumprotzen.

»Und was passiert jetzt, wo du den Miesling nicht abgeholt hast?« fragte ich sie.

Sie zuckte die Achseln. »Ich denke mir schon eine Geschichte aus, für jetzt ist es aber besser, wenn ich Anker lichte und auslaufe, sonst muß ich noch mehr Ausreden erfinden.«

»Gut«, stimmte ich zögernd zu, »aber vergiß nicht, ab jetzt, bis der Tod dich von Old Scrotum scheidet, bist du mein.«

Sie nahm mein Gesicht in die Hände und küßte mich zärtlich. »Ich vergesse es nicht, aber wir müssen vorsichtig sein. Du mußt an deine Karriere denken; er ist nicht nur dein Kommandeur, sondern hat auch noch glänzende Verbindungen zur hohen Admiralität.«

Ich hatte keinen Anlaß zu vermuten, daß der alte Bock irgend etwas vermutete, wenigstens nicht in den ersten sechs Monaten. Selbstverständlich wußten meine Kameraden, was lief, es hieß auch, daß die Decksmannschaft Bescheid wußte. Aber ihretwegen brauchte ich mir keine Sorgen zu machen. Wir waren Freunde. Meine Kameraden machten noch nicht einmal Späße über Susan, und das war erstaunlich und ungewöhnlich für die Marine. Man warf mir nur versteckte Blicke zu, besorgt und mitleidig. Ha! dachte ich, die wissen nur nicht, was für einen Schatz ich habe, ganz für mich allein. So riskierte ich, von einem 45er Colt durchlöchert oder aus der Marine ausgestoßen zu werden. Aber, ach, welch süße Entschädigung für die Gefahr wurde mir zuteil!

Old Scrotum brauchte nicht erst zu wissen, daß ich seine Frau vögelte, um mich zu hassen. Zwar konnte er mir nichts anhaben, weil ich meinen Dienst nach Möglichkeit fehlerlos versah, mich niemals betrunken in Hurenhäusern herumtrieb und auch nicht die Ehre der Uniform beschmutzte – aber ich war ein Jungoffizier, und das genügte ihm.

Wir waren gerade zwei Wochen auf See gewesen, hatten wieder angelegt, ich lief permanent mit einem Harten herum, weil ich immerzu an Susan dachte, und ausgerechnet am ersten Abend im Hafen mußte ich Dienst haben. Und, wie der Zufall es wollte, auch Old Scrotum war an diesem Abend an Bord.

Um zehn Uhr an diesem Abend klingelte auf dem Deck das Telefon, die Wache an der Gangway nahm das Gespräch an. Der Mann kam zurück und sagte, das Gespräch sei für mich. Natürlich war es Susan.

»Sag nur nicht, daß du Nachtdienst hast, Schatz«, sagte sie. »Na ja, so ist das halt bei der Marine. Hör zu, ich rufe aus der Nähe an. Ich kann von einem Freund einen Wagen leihen und zum Hafen kommen. Wenn ich an einer dunklen Stelle am Lagerhaus parke, kannst du dann für eine Minute fort? Ich wage nicht, meinen Wagen zu nehmen. Old Scrotum ist an Bord, ich weiß nicht, was passiert, wenn er den Wagen erkennt.«

»Mein Gott, ja! Mach schnell, Schätzchen! Es waren zwei verdammt lange Wochen.«

Ich wartete, bis ich ein zerbeultes Cabriolet am Schiff vorbeifahren und im Schatten des Lagerhauses verschwinden sah. »Hmmm«, brummte ich der Wache an der Gangway zu, »sieht so aus, als würde einer unbefugt auf der Pier herumfahren. Halten Sie die Stellung, ich gehe mal kurz nachsehen.«

»Jawohl, Sir«, gab er zurück, »aber wenn ich in die Bootsmannspfeife blase, heißt das, Old Scro ... ich meine, der Commodore ist an Deck.«

Ich dankte ihm und ging hinüber in den Schatten, wo ich das Cabrio zuletzt gesehen hatte.

»Jack!« rief Susan. »O Liebling!« Sie schlang ihre lieblichen schlanken Arme um mich und gab mir einen ihrer Millionen-Volt-Küsse.

»Verschwenden wir keine Zeit«, flüsterte ich und machte meine Hose auf. »Zieh deine Höschen aus.«

»Ich habe keine an. Eil dich, Jack!«

Ich war schneller auf ihr als Old Scrotum »Kriegsgericht« sagen konnte. Sie legte ein Bein über die Rücklehne des Sitzes und ich zwängte mich unter das Steuerrad, um ihn ihr hineinzuschieben. Bald brachten wir die Kalesche ins Schaukeln, es sah aus, als führe der alte Kasten mit Höchstgeschwindigikeit über einen Stoppelacker. Ich versenkte mich verzweifelt in das schöne, enge Gefühl, das die Tiefen einer guten, feuchten Pussy bereiten.

Bei Susan war es gerade losgegangen, ich kam gleich nach ihr wie ein Vulkan, als der Wagen und die ganze Umgebung plötzlich so hell waren wie der Times Square. Ich wußte, was los war. Old Scrotum und seine verdammten Suchscheinwerfer, die sein größtes Hobby auf dem Schiff waren, wehe, er fand sie bei einer unverhofften Inspektion nicht spiegelblank vor! Ich hörte das Trillern der Bootsmannspfeife, aber es war schon zu spät. Und das Teuflische dabei war, daß ich nicht aufhören konnte. Wenn man erst einmal mit seinem Orgasmus angefangen hat und seine Absicht plötzlich ändern will, nun, der Leser wird wissen, was ich meine: das geht einfach nicht. Ich mußte es zu Ende bringen. Ich hörte ein wütendes Bellen von der Brücke, als das Licht wieder ausging. Wie ich später erfahren sollte, hatte die Wache an der Gangway den Hauptschalter umgelegt.

»Ich glaube nicht, daß er dich gesehen hat«, sagte ich zu Susan, als ich meinen Torpedo aus ihr herauszog und das triefende Ding zurück in die Hose stopfte. »Los, schaff dieses Wrack hier weg. Wir sehen uns morgen.«

Sie hatte den Motor angelassen und den Wagen in Bewegung gesetzt, kaum, daß ich ausgestiegen war. Und alles wäre gutgegangen, wenn sie nicht vergessen hätte, die Scheinwerfer anzustellen. Ich war schon fast an der Gangway, als ich den Krach hörte. Gleichzeitig gingen die Suchscheinwerfer wieder an, und ich konnte sehen, daß Susan den Wagen in eine Grube gefahren hatte. Sie war nicht verletzt, nur etwas benommen, aber es hatte sie so verwirrt, daß sie aus dem Wagen kletterte und einfach dastand, im hellen Licht deutlich zu erkennen.

Old Scrotum rannte an mir vorbei, schrie Hölle und Schande und hieß sie alles mögliche zusammen, wobei er einen Gegenstand schwenkte, der wie ein kurzes Rohr aussah. Ich rannte hinter ihm her, erwischte ihn, gerade als er das Rohr über ihrem Kopf schwang, drehte ihn herum und schlug ihn mit aller Kraft, verstärkt durch Haß und Wut. Er führte eine perfekte Pirouette vor und legte sich dann sehr still aufs Dock.

Und der Rest ist Marinegeschichte. Mein Vater bot alle Beziehungen auf. Old Scrotum ließ alle seine Verbindungen spielen, so daß die Sache ausging wie das Hornberger Schießen. Es gab keine Verhandlung vor dem Kriegsgericht, aber ich mußte die Marine verlassen. Und Old

Scrotum hatte, weil der Skandal jetzt offenkundig war, keine andere Wahl, als sich von Susan scheiden zu lassen. Wir schafften es, über die Grenze zu kommen und etwas außerhalb der Legalität zu heiraten, dann fing ich an, mir einen Job zu suchen.

Ich will nicht so tun, als wäre ich besonders glücklich darüber gewesen, wieder Zivilist zu sein. Fünf Jahre meines Lebens waren für die Katz, und, das ist die Wahrheit, es hatte mir bei der Marine gefallen. Andererseits hatte ich Susan. Ach, zum Teufel! Seht euch an, für wen der König von England einmal seine Krone hingab.

Wir liebten uns, aber irgendwie kamen wir nicht so gut miteinander aus wie in den Zeiten, in denen wir noch mit Old Scrotum Versteck spielten. Ich bedauerte, meine Stellung verloren zu haben und wurde ein wenig empfindlich.

Ich landete bei der Weltraumbehörde, war aber ruhelos und launisch. Irgendwie schien es selbstverständlich, daß ich mir unter meinen Arbeitskollegen solche Freunde suchte, die früher bei der Marine waren. Einer von ihnen war Bucky Brandt, ehemaliger Chefingenieur. Bucky und ich gingen oft nach der Arbeit noch einen trinken und erzählten von den alten Zeiten.

»Ich nehme an, du hast von Schrapnell gehört, oder?« fragte er mich eines Abends, während er sich den Schaum von der Oberlippe wischte.

»Ich glaube nicht«, sagte ich und schüttelte den Kopf. »Erzähl mir von ihm.«. Ich hörte Buckys Geschichten sehr gerne. »Schrapnell war kein Er«, gab Bucky zurück, »es war eine Sie, und dazu das hübscheste Mädchen, das ich jemals gesehen haben. Ich sah sie zum ersten Mal, als ich noch in Pearl Harbor stationiert war. Ich weiß, daß ich dich schon manchmal angekohlt habe, aber das ist jetzt kein Quatsch, Jack. Dieses junge Ding trieb es mit der ganzen Basis und, soviel ich weiß, auch mit den Besatzungen aller Schiffe, die da lagen. Sie war die Tochter eines Offiziers, aber sie hatte so eine Art Halbtagsstellung in einem Hurenhaus, wo sie einer Kanakin, die Lani hieß, half, obwohl ich gehört habe, daß sie kein Geld nahm, sondern es nur aus Spaß machte. Nacht für Nacht lag sie da auf dem Bett neben Lani und hängte die alte Hure in jeder Beziehung ab. Später habe ich gehört, daß sie einen alten Knacker geheiratet hat, aber das konnte sie auch nicht bremsen. Sie versuchte immer noch, mit der ganzen Marine zu vögeln. Ihr Mann war Commodore auf einem Zerstörer, und sie trieb es mit jedem Mann auf seinem Schiff und mit allen Offizieren. Verrückteste Sache, die ich je gehört habe.«

Ich kam mir vor, als hätte mir einer gerade einen Eimer Eis ins Hemd geschüttet, aber in mir flammte ein Feuer auf, eine Hitze, die kein Eis löschen konnte.

»Vielleicht habe ich doch schon von ihr gehört, wenn ich es recht überlege«, sagte ich so beiläufig wie möglich. »Hast du es schon einmal mit ihr gehabt? Ich habe gehört, daß sie so eine besondere Art hat zu ...«

»Klar, das ist sie«, unterbrach Bucky fröhlich. »Klar, ich habe sie oft genug gebumst. Sie hat diesen Trick, sie bewegt ihre Pussy, als wäre es ein Mund. Es war ... He, Jack, was ist los? Du siehst krank aus!«

»Bin ich auch. Ich geh heim.«

Als ich daheim ankam, war ich innerlich verkrampft, hart wie Stein. Meine Eingeweide schienen verzerrt und verdreht zu sein, ich wußte nicht, ob ich kotzen sollte oder mich hinlegen und sterben.

Susan begrüßte mich an der Tür.

»Hallo, Schrapnell«, begrüßte ich sie.

Sie wurde bleich, dann sprühten ihre blauen Augen Feuer. »Also hast du es gehört. Was hat das mit uns zu tun? Ich habe nicht mehr herumgepennt, seit ich dich kenne.«

»Ich werde dir sagen, was das mit uns zu tun hat. Ich habe wegen der größten Hure, die die Pazifik-Flotte je gekannt hat, meine Karriere weggeworfen.«

Und so fing der Abend an. Er endete damit, daß ich sie verließ. Ich ging in ein Hotel und versuchte, mich zu betrinken, aber ich vermißte sie schon. Als ich wieder zum Haus zurückkam, war sie fort. Sie hatte nicht einmal eine Nachricht hinterlassen. Sie war einfach abgehauen, mit Sack und Pack. Ich versuchte, mich zu betrinken und versuchte es mit Frauen. Vom Schnaps wurde mir übel, die Frauen machten es noch schlimmer.

Wochen vergingen, schließlich setzte ich eine dieser lächerlichen Komm-heim-alles-ist-vergeben-Anzeigen in die Zeitung, aber sie meldete sich nicht. Ich wollte sie finden und ihr sagen, daß ich sie liebte, aber ich wußte nicht, wo ich mit der Suche beginnen sollte.

Sie war schon zwei Monate fort, als ein Typ, den ich kaum kannte, mich zu einer Party einlud. Es war eine dieser komischen Pseudo-Hippie-Geschichten, auf der sich kein echter Hippie jemals blicken lassen würde. Den Qualm im Zimmer konnte man mit dem Messer schneiden. Ich drängte mich durch, und da war sie, lag auf dem Rücken auf einem Tisch im Eßzimmer. Ihr Rock war bis zur Taille hochgeschoben, ihre Bluse vorn offen. Sie hielt einen Bourbon in der Hand, während ein Typ an ihren Brüsten spielte und ein anderer versuchte, sie auf den

Tisch und zwischen ihre Beine zu kriegen. Sie grinste mir trunken zu. »Hallo, Jack«, sagte sie. »Komm, guck nicht so dumm, Herzchen. Du hast mich Schrapnell genannt, weißt du noch? Ich lebe nur nach deinen Vorstellungen.«

»Steh da auf«, grollte ich. Als der Kerl, der sie zu besteigen versuchte, etwas zu mir sagte, versetzte ich ihm eins, daß er durch das ganze Zimmer flog. Der andere, der mit ihren Brüsten gespielt hatte, bekam meine Faust in den Mund.

»Duck dich, Jack!« schrie Susan, und ich ging gerade noch rechtzeitig nach unten, um einem Stuhl auszuweichen, der mich wohl schlafen geschickt hätte.

Es war eine ganz schöne Prügelei. Sie versuchten, mich in die Ecke zu drängen, aber sie waren *high* und standen sich gegenseitig im Weg. Es dauerte nicht lange, bis ich keine Gegner mehr fand. Einige hatten sich dünne gemacht, andere waren meinen Fäusten zu nahe gekommen und schlafen gegangen. Dann, als es vorbei war und ich nach Susan suchte, merkte ich, daß ich Hilfe gehabt hatte. Susan, mit ganz zerrissener Bluse und einem kampflustigen Funkeln in den Augen, hatte einen Schürhaken gepackt. Sie grinste mich an. »In einer richtigen Marinekeilerei halten diese Bürschchen nicht lange durch, was?« fragte sie.

»Komm«, sagte ich, »hauen wir hier ab, ehe sie mit Verstärkung ankommen.«

Es war drei Uhr morgens, und es nieselte. Ich hatte keinen Wagen, weil ich mit jemand anderem gekommen war. »Es ist ein langer Weg«, sagte ich, »wir gehen lieber los.«

»Wohin?«

»Heim.«

Sie packte meinen Unterarm mit beiden Händen und hängte ihr ganzes Gewicht an mich. Ihre Schultern zitterten, ich wußte nicht, ob sie lachte oder weinte, aber ich zog meinen Mantel aus und legte ihn um sie, dann küßte ich sie. Wir gingen nach Hause. Den Rest will ich sie selbst erzählen lassen.

JACK MARTIN

# 6   Susan Martin

Wie Jack schon berichtet hat, war auch ich ein Marine-
sproß. Ich wurde in Pearl Harbor in der Marinebasis geboren. Papa erzählte mir einmal, daß gerade in dem Augenblick, in dem der Doktor mich umdrehte und mir
einen Klaps auf den Hintern gab, der Hornist zum Wek-
ken blies.

Ich nehme an, daß manche Leute das Leben der Mari-
neangehörigen für wunderbar und glanzvoll halten, aber,
wenn man in diese Welt geboren wird und in ihr auf-
wächst, kann sie so gewöhnlich und prosaisch sein wie
die Welt eines Bankangestellten oder eines Polizisten. Als
ich ein Teenager geworden war, war ich überall in der
Welt herumgekommen, hatte in Okinawa, Spanien und
England gelebt, und der ziemlich unregelmäßige Schul-
unterricht schien eine ganz selbstverständliche Sache zu
sein. Ich war dreizehn, als meine Mutter starb. Papa
nahm es ziemlich schwer. Er war mir gegenüber schon
immer zurückhaltend und kühl gewesen, der Dienst, die
Pflicht kam immer zuerst. Vielleicht fühlen diese Mu-
stang-Offiziere, daß sie sich mehr Mühe geben müssen

als die Offiziere aus der Akademie. Nach dem Tod meiner Mutter zog er sich noch mehr zurück, widmete sich nur noch seiner einzigen Lebensaufgabe ... seiner Karriere. Nicht, daß Papa mich nicht geliebt hätte. Das tat er wohl, und manchmal geschahen erstaunliche Dinge, wenn er zum Beispiel an meinen Geburtstag dachte und nicht vergessen hatte, daß ich eine bestimmte Sorte Bonbons besonders gern mochte, aber die meiste Zeit war er eben mehr der Leutnant William Hiller, U.S.N., als der Vater einer langbeinigen Göre mit Zöpfchen. Er überließ mich so ziemlich mir selbst. Wenn ich zur Schlafenszeit zu Hause war, war alles in Ordnung. Wenn ich nicht pünktlich war, dachte er sich, daß ich mit den Kindern anderer Offiziere herumstromerte oder bei ihnen zu Hause aß. Ich bezweifle, daß es ihm je in den Sinn kam, ich könnte vielleicht in Schwierigkeiten kommen. Schwierigkeiten widersprachen der Dienstordnung der Marine, zudem, wer sollte es schon wagen, die Tochter eines Marineoffiziers zu belästigen?

Ich muß etwas ausholen, um unsere Beziehung deutlich zu machen, weil es nur auf unsere lose Beziehung zurückzuführen ist, daß ich meine kleine Karriere direkt unter seinen Augen anfangen konnte. Gott segne ihn.

Ich bezweifle sehr, daß er es überhaupt bemerkte, als ich mich zu entwickeln begann. Schöne aufregende Dinge geschahen mit mir. Mir wuchsen Brüste. Ich verlor die staksige Ungeschicklichkeit, trug raffinierte Kleider und fing an, mit aufregenden Frisuren zu experimentieren. Ich hatte auch wilde pornographische Träume und entwickelte eine starke Vorliebe für Sex. Einige andere Mädchen in meinem Alter hatten ähnliche Neigungen, und wir tauschten Briefe über unsere Fortschritte und Mängel aus. Wir gründeten einen Club, den wir »Zoten-Club« nannten, hier erzählten wir unanständige Geschichten, diskutierten über Sex, lernten alle Wörter und zerbrachen uns unsere kleinen Köpfe über DIE GROSSE FRAGE ... wie wir es treiben konnten, ohne unter einer der bösen Nachwirkungen zu leiden, wie Skandale, Schwangerschaften und Geschlechtskrankheiten. Es gab zwar Jungen, die noch zu haben waren, aber der männliche Nachwuchs von Marineoffizieren hat etwas entsetzlich Dumpfes an sich. Wir Mädchen waren einmütig der Auffassung, die Mannschaften seien die aufregendsten Typen auf der Welt, stundenlang schwärmten wir von den Vorzügen des einen oder anderen.

Meine Jungfernschaft mußte ich bis zu meinem achtzehnten Lebensjahr ertragen. Zwar half mir die Masturbation ein wenig, andererseits wirkte sie aber auch anregend – es war eine Zeit des Leidens und der Enttäuschung für mich.

Als Papa wieder einmal für eine Zeit in Pearl Habor stationiert war, bekam er ein Haus zugeteilt. Das Haus wurde von Seeleuten in Ordnung gehalten, so daß den Tag über gewöhnlich drei oder vier Matrosen im Garten waren, den Rasen mähten, die Hecken schnitten oder die Beete in Ordnung brachten. Ich verbrachte einsame, heiße Stunden, sah ihnen zu, studierte ihre Körper und schlief mit ihnen im Geist. Ich konnte in den kürzesten aller Shorts über den Rasen schlendern, Tennisschläger unter dem Arm und mich in ihren gierigen Blicken sonnen, ich konnte in einem praktisch nicht existenten Bikini vom Strand kommen, scheinbar lesend auf der Terrasse sitzen und ganz berechnend meine Reize zur Schau stellen – sie sahen wohl hin, scheu und verlangend, aber es passierte nichts. Zwischen uns war eine undurchdringliche Wand, der tiefe Abgrund zwischen der Tochter eines Offiziers und einem Gemeinen. Immer mehr wurde es zu meiner Absicht, diese Wand zu durchstoßen, schließlich machten Gelegenheit und verzweifelte Entschlossenheit es möglich.

Ich lag auf der Couch im Wohnzimmer und las ein herrlich aufregendes Buch, *Candy,* als ich durch das offene Fenster von draußen Stimmen hörte.

»Wohnt hier nicht Leutnant Hiller?« fragte Stimme Nummer eins. »Gestern habe ich dieses blonde Stückchen gesehen, seine Tochter. Mein Gott! Es wäre mir fast in die Hosen gegangen! Mann, die hätte ich gern mal!«

»Ja, ja, du und noch ein paar hundert Hurenböcke«, sagte Stimme Nummer zwei trocken. »Vergiß es bloß, Tony. Das gehört ins Kasino. Ich geb schon zu, daß sie ein Leckerbissen ist. Aber wenn du mit der was anfängst, hängt dich die Marine auf.«

Zitternd vor Erregung peilte ich über die Fensterbank. Tony war dunkel, kraushaarig und gutaussehend. Und in diesem Moment beschloß ich, daß er mein erster Geliebter werden sollte. Am Haupttor der Kaserne nahm ich meinen Posten ein, aber es dauerte einige Tage, bis ich ihn herauskommen sah. Prächtig sah er aus in seiner weißen Ausgehuniform, unter den engen Hosen zeichnete sich alles ab. Er war allein, und ich folgte ihm, benommen vor Eifer, ein Stück weit, bis wir von der Kaserne aus nicht mehr zu sehen waren; dann rief ich ihn beim Namen. Er blieb stehen, drehte sich um und betrachtete mich mit Interesse und Bewunderung.

»Du heißt doch Tony, stimmt's?« fragte ich ihn, als ich ihn erreicht hatte.

»Ja«, gab er nervös zu.

»Ich bin Susan Hiller«, verkündete ich. »Du hast zusammen mit einem anderen Matrosen vor einigen Tagen im Garten unseres Hauses gearbeitet, und ich habe eure Unterhaltung mitgehört.«

Er errötete und sah ziemlich erschrocken aus. »Herrje, es tut mir leid, Fräulein Susan«, stotterte er. »Sie sollten auf das Matrosengerede nicht hören. Ich wollte nichts Unanständiges sagen. Ich . . .«

»Ach, das ist schon gut«, versicherte ich ihm, »aber eines verstehe ich nicht. Du hast gesagt, du würdest mich gerne haben, hättest aber Angst, es zu versuchen. Wie kannst du denn Schwierigkeiten bekommen, wenn wir nicht so dumm sind, uns erwischen zu lassen?«

»Soll das heißen, daß du wirklich willst?«

»Ja. Ich habe es noch nie gemacht und möchte es gerne lernen. Bitte, Tony. Ich verspreche auch, daß ich es keinem sage. Bitte, bitte.«

Er schluckte. »Uff! Ich hätte bestimmt nicht gedacht . . . Los, nehmen wir uns ein Taxi und hauen hier ab, ehe ein Offizier uns sieht. Ich kenne ein Hotel unten in Palama, das einem Japaner gehört, der ist ein Freund von mir.«

Wir bekamen ein Taxi und fuhren in die Altstadt von Honolulu. Ich war schrecklich aufgeregt. Tony auch. Er küßte mich und schob seine Hand unter meinen Rock, um meine Beine anzufassen, und als seine Finger meine nasse, nylonbedeckte Muschi berührten, wäre es mir beinahe schon gekommen. Unser Zimmer war ein enger Dreckstall, mit einem durchgelegenen Bett, außerdem roch es muffig, für mich aber sah es himmlisch aus. Ich war wie berauscht und sagte mir, als wir die Treppe hinaufgingen, immer wieder, daß ich es endlich bekommen würde, und ich konnte kaum glauben, daß es jetzt endlich so weit war.

Mädchen sollten sich eigentlich genieren, wenn sie sich vor ihrem ersten Liebhaber ausziehen, aber ich war zu heiß, um schüchtern zu sein, konnte nicht schnell genug aus meinen Kleidern kommen. Tony hatte einen schönen muskulösen Körper und ein Ding, daß so hart hervorstand wie ein Besenstiel. Wir rollten auf dem Bett herum wie zwei Menschen im Todeskampf, klammerten uns mit aller Kraft aneinander, küßten und streichelten uns in leidenschaftlicher Hast, um so rasch wie möglich miteinander zu verschmelzen. Ich drängte ihn, es zu tun, sagte, ich könnte es nicht mehr aushalten. Er warnte mich und sagte, daß es wehtun würde, dann fing er an, seinen Schwanz in mich hineinzudrängen. Wenn es überhaupt wehgetan hat, habe ich es nicht gemerkt, aber ich wurde fast ohnmächtig vor Ekstase, als ich spürte, wie sein Stiel in meinen Körper glitt. Besonders klein war er nicht. Er füllte mich mit herrlich-engen Gefühlen der Vervollkommnung, als wäre ich die ganze Zeit unvollendet gewesen und sei erst jetzt eine ganze Persönlichkeit.

Ich wußte, daß auch ich kommen mußte, als es bei ihm soweit war und versuchte es so verzweifelt, daß ich weinen mußte, als es nicht kam. Er erklärte mir, daß Mädchen gewöhnlich beim ersten Mal keinen Orgasmus bekämen. Aber er ließ mich nicht leiden. Er leckte mich, und da kam es mir mit einer solchen Gewalt, daß ich meinte, ich würde explodieren.

Um Mitternacht war sein Ausgang vorbei. Wir trieben es noch fünfmal, ehe er gehen mußte. Wir kamen überein, uns zu treffen, wann immer er Ausgang hatte. Wir überlegten, daß es zu riskant war, zusammen zur Basis zurückzukommen, so wartete ich, bis er weg war, dann nahm ich mir ein anderes Taxi.

»Sie können sich auch vorn hinsetzen«, lud mich der Fahrer ein. Er war ein kleiner, untersetzter Japaner mit einem gemütlichen Gesicht und weisen Augen. »Sie sehen aus, als hätten Sie heute ziemlich viel Spaß gehabt«, sagte er ein wenig spöttisch. Ich hatte mir nicht überlegt, daß man das in meinem geröteten Gesicht und meinen schläfrigen Augen sehen konnte. »Der Typ hat Glück gehabt, daß er an Sie geraten ist«, fuhr der Fahrer fort. »Willst du noch ein bißchen mehr, hm?« Er langte mit der rechten Hand herüber, schob meinen Rock hoch und streichelte meinen nackten Schenkel. »Sollen wir ein bißchen an den Strand fahren?«

Ich nickte, konnte nichts sagen, weil ein plötzliches Begehren von mir Besitz ergriffen hatte. Es war, als hätte Tony ein Feuer in mir entfacht, das nicht mehr zu löschen war. Er fuhr an einen einsamen Abschnitt des Strandes und parkte das Taxi unter den tiefhängenden Zweigen eines Kukui-Baums. Wir stiegen auf den Rücksitz. Als er mich küßte und seine Hand in meinen Ausschnitt schob, um meine Brüste zu drücken, griff ich nach dem Reißverschluß an seinen Hosen, begierig, den kleinen Japaner herauszuholen und seine seidige Härte in meiner Hand schwellen und pochen zu fühlen. Er war ein Monstrum, war fast doppelt so groß wie der von Tony.

Er war gut. Er ließ es lange dauern und, Wunder über Wunder, er brachte es fertig, daß ich kam! Es war eine zauberhafte Nacht der Erfüllung für mich, das Ende der verhaßten Jungfräulichkeit.

»Verdammt noch mal, du bist einfach sagenhaft«, sagte er, als er fertig war. »Ich bringe dich jetzt besser heim.«

»Nein«, bat ich. »Bitte! Ich will es noch einmal. Ziehen wir uns diesmal aus?«

»Na gut. Du bist aber wirklich spitz.« Wir zogen uns aus, und ich rieb meinen nackten Körper an seinem, streichelte seinen glatten Hintern und ließ Küsse auf seine muskulöse Brust und seinen Bauch regnen. »Willst du ihn lecken?« fragte er mich.

»Ich weiß nicht. Ich habe das noch nie gemacht.«

Ich legte meinen Mund auf die Schwanzspitze, wußte nicht so recht, was ich tun sollte, den Geschmack und das Gefühl aber fand ich gut, auch den Kitzel, den ich spürte, als er zu schwellen und zu pochen begann. Er half mir, indem er seine Hüften bewegte. Dann, als er hart war, bestieg er mich wieder, und wieder spürte ich die herrliche Sensation, dieses große Ding in mir zu haben. Es kam mir rasch und noch zwei weitere Male, ehe es bei ihm soweit war und er mich mit seinem heißen klebrigen Samen füllte.

Er war besorgt, weil ich seinetwegen so lange von zu Hause fort war, fürchtete, daß ich Schwierigkeiten bekommen würde, aber ich versicherte ihm, alles wäre in Ordnung, solange ich vor Tagesanbruch heimkäme. Ich hatte meinen eigenen Schlüssel, und Papa schlief wie ein Bär. Nackt rannten wir zum Meer hinunter, tauchten in die Brecher, um uns abzuwaschen, dann legten wir uns in den festen Sand. Er saugte an meinen Brüsten und fingerte an meiner Muschi, bevor er sich umdrehte und sein Ding in mein Gesicht schob. Ich wußte, was er wollte, und ich wollte es auch. Und kaum hatte ich angefangen, da spürte ich auch schon seine Zunge zwischen meinen Beinen; ich ließ ihn dann nicht mehr aufhören. Ich ließ ihn so bleiben, wie er war, auf den Knien über mir, bis es mir gekommen war und er mir eine Riesenladung süß-salzigen Zeugs in den Mund geschossen hatte. Erst dann ließ ich mich von ihm nach Hause fahren. Ich hatte seine Telefonnummer und versprach ihm, ihn anzurufen, wenn ich ein Taxi brauchte . . . oder etwas anderes.

Von da an teilte ich meine Zeit zwischen Tony und dem Taxifahrer. Ich betete die beiden einfach an. Ich kannte Tony schon einen Monat, als er mir von Lani erzählte, einer hawaiischen Prostituierten, die ein Zimmer in jenem Hotel hatte, in das Tony und ich immer gingen.

»Sie ist dick und nicht sehr hübsch«, erzählte er mir, »aber sie kann den wildesten Trick, den ich je erlebt habe. Sie kann einem den Torpedo mit ihrer Pussy richtig ablutschen, und ich wette, sie wird dabei reich. Am Zahltag stehen die Matrosen Schlange vor ihrem Zimmer.«

Ich wollte, daß er mir erzählte, wie Lani das fertigbrachte, aber er wußte es nicht. »Also gut«, erklärte ich, »dann werde ich sie halt besuchen und es selbst lernen.«

Tony war schockiert. »Du kannst sie nicht besuchen, Susan! Du bist eine Offizierstochter und sie ist eine Matrosenhure!«

Ich lachte ihn aus. »Tony, wann schlägst du dir endlich diesen Mist von der unberührbaren Offizierstochter aus dem Kopf? Ich will deine Lani kennenlernen, und das bringe ich auch ohne deine Hilfe fertig.«

Schließlich gab er nach und führte mich zu ihrem Zimmer. Lani war ein üppiges dunkles Mädchen mit einem lieben Gesicht. Sie war so entsetzt wie Tony über meine Absicht. »In einem Hurenhaus hast du doch nichts zu suchen«, schalt sie mich. »Herrje, eine Offizierstochter. Nebenbei, meinst du, ich ruiniere mein Geschäft und unterrichte Amateure? Ein bißchen Anstand habe ich ja doch.«

»Und wenn ich Sie bezahle? Ich glaube nicht, daß es für einen Profi anständig ist, Geld zurückzuweisen.«

Sie gab zu, daß ich da recht hatte, also legte sie sich auf dem Bett zurück und ließ sich von einem zögernden und verwirrten Tony besteigen. Ich lage neben den beiden auf der Matratze, meine Nase war nur wenige Zentimeter vom Ort der Handlung entfernt, und sah fasziniert zu.

»Je!« rief ich aus, »das ist wirklich großartig, Lani. Laß ihn noch nicht kommen. Ich will es jetzt mit ihm machen, da kannst du zusehen und mir sagen, ob ich es richtig mache oder nicht.«

Lani sah uns eine Weile zu und machte einige Vorschläge, dann gab sie zu, daß ich wirklich rasch lernte. »Du brauchst jetzt nur viel Übung«, erklärte sie. »Schätzchen, du steigst doch jetzt nicht ins Geschäft ein und machst mir Konkurrenz?«

»Nein. Ich wollte es nur aus Spaß am Vergnügen lernen.«

Aber ich gewöhnte mir an, früh am Tag ins Hotel zu gehen und Lani zu besuchen. Sie war ein lieber Mensch, großzügig und, sonderbarerweise, auf ihre Weise sehr moralisch.

»Heute ist Zahltag«, sagte sie mir eines Nachmittags. »Bis diese Nacht vorbei ist, hätte ich am liebsten vier Pussys mehr. Ich muß viele Jungs wegschicken, aber ich kann einfach in einer Nacht nicht so viele bedienen.«

Da fiel mir etwas ein. »Wie wäre es, wenn ich dir an Zahltagen helfen würde? Das Geld will ich nicht. Ich will nur den Spaß, und, wie du mir gesagt hast, ich brauche noch viel Übung.«

Zuerst wies sie das zurück, aber ich hatte herausbekommen, daß ich sie zu fast allem überreden konnte. Schließlich war sie damit einverstanden, daß ich mich neben sie auf die Matratze legte und die Überzähligen bediente.

Die Jungen hatten eine ganz schöne Überraschung, als sie so nach und nach ankamen. Wir ließen immer sechs oder acht ins Zimmer, wo sie warteten, bis sie an der Reihe waren. Man kann sagen, es war kontinuierlicher Gruppensex, und ich genoß jede Minute. Bald verbreitete das Gerücht, Leutnant Hillers Tochter helfe im Puff aus, sich bis zur Basis, und die Nacht wurde zur erfolgreichsten, die Lani je gehabt hatte. Um vier Uhr morgens zählte sie das Geld. Über zweihundert Dollar. »Weißt du, was das heißt?« fragte sie mich, ihre Stimme war leise vor Ehrfurcht. »Das heißt, daß jede von uns über fünfzig Kerle, jeden für zwei Dollar, gehabt hat. Gottchen! Meine Spitze bisher waren siebenunddreißig in einer Nacht. Hier, die Hälfte gehört dir.«

Ich lehnte ab und erinnerte sie daran, daß ich ihr nur des Vergnügens wegen geholfen hatte.

Danach verbrachte ich viele Nächte mit Lani. Und keiner soll mir erzählen, daß Matrosen kein Geheimnis wahren können. Nicht der kleinste Hinweis über meine Aktivitäten kam je an einen der Offiziere.

Aber das Unvermeidliche geschah. Ich bemerkte einen Ausfluß und spürte beim Wasserlassen ein Brennen. »Schätzchen«, sagte Lani traurig, »du hast dir einen Trips geholt. Den läßt du besser behandeln.«

Das war ein Tiefschlag, obwohl ich mir weniger über

die Gonorrhoe als über meinen Vater Sorgen machte. Wenn der das herausbekam! Dann erinnerte ich mich an Dr. Helm, oder, besser, Commander Dr. Helm. Das war so ein alter Lüstling, kurz vor der Pensionierung, ein richtig dicker und gemütlicher Typ. Ich war überzeugt, daß ich ihm mein Geheimnis anvertrauen konnte.

»Ei, ei«, murmelte der Doktor. »Na, ich bin froh, daß du zu mir gekommen bist, Susan. Es wäre entsetzlich, wenn diese Sache bekannt würde. Ich werde dich privat behandeln, das kommt bald wieder in Ordnung.«

Als Untersuchung und Behandlung vorbei waren, legte ich die Arme um ihn, küßte ihn und rieb meine Hüften an seinen Hosen. »Danke, Doc«, sagte ich. »Wenn ich wieder in Ordnung bin, weiß ich eine gute Art, Sie zu bezahlen.«

»Das ist sehr lieb von dir, Susan«, sagte er rauh, drückte mich fest an seinen dicken Bauch und griff mit zitternden Händen nach meinem Po. »Bald bist du nicht mehr ansteckend. Ich freue mich schon darauf, mein ›Honorar‹ zu kassieren.«

Und ich freute mich auch darauf. Einmal aus Neugier wegen seines Alters. Ich konnte nicht glauben, daß ein Mann von vierundsechzig noch in der Lage war, eine große Schau zu bieten.

Als es soweit war, brachte er mich in sein Schlafzimmer, ließ die Hosen herunter und bereitete mir die Überraschung meines Lebens. Was für eine Rübe! Wirklich, das verdammte Ding muß über zweiundzwanzig Zentimeter lang und so dick wie mein Handgelenk gewesen sein. Steif, zuckend und schon ein wenig tröpfelnd stand es zwischen seinen Beinen hervor. Als sie schön kuschlig in mir eingebettet war, demonstrierte ich den Trick, den ich von Lani gelernt hatte. Zu meinem Erstaunen kam er wie ein Feuerwehrschlauch. Seit dieser Nacht mit Doc habe ich nie mehr einen Mann nur wegen seines Alters abgewiesen. In der Tat, wenn ich es bedenke, ich habe dann ohnehin keinen Mann mehr abgewiesen.«

Unglaublicherweise machten wir es dreimal, dann spielten wir nur noch. Ich saß auf ihm, hüpfte auf seinem Bauch, während er mit meinen Brüsten spielte. Schließlich lockte ich ihm noch einen Harten heraus und schickte ihn auf die Reise.

Dann duschten wir, weil wir es dringend nötig hatten. – Ich war siebzehn, als Papa zu den Marinefliegern in Sand Point, Seattle, versetzt wurde. Ich ging ungern aus Pearl Harbor weg, von Lani, Tony, Doc und dem Taxifahrer, aber wenn die Marine sagt ›geh‹, dann gibt es keine Diskussionen. Es dauerte nicht lange, bis ich in Seattle neue Kontakte hatte. In Sand Point geschah es, daß Commodore Scott meinen Papa dazu überredete, mich zu überreden, ihn zu heiraten. Allerdings hatte das Glück mir nicht ganz den Rücken zugewandt, denn Scott mußte mit der Tompkins auf See, und ich hatte die ganze Stadt San Pedro zur freien Verfügung.

Jack war der erste und einzige Mann, in den ich mich richtig verliebte. Ich erzählte ihm nichts von meiner Vergangenheit, und es war einfach nur Pech, als Bucky Brandt die Sache auffliegen ließ, aber über Jacks Reaktion war ich tief verletzt. Immerhin war ich ihm seit unserer ersten Begegnung treu gewesen und hatte wirklich keine anderen Männer gewollt – nun ja, wenigstens nicht sehr oft.

Frank Lieder arbeitete bei der Weltraumbehörde, Jack und ich hatten ihn vor dem großen Knall flüchtig gekannt. Eine Zeitlang wohnte ich bei ihm, und es war sein Vorschlag, die Party zu schmeißen, auf der Jack und ich wieder zusammenkommen sollten.

Es war schon heller Tag, als Jack und ich nach der Schlägerei heimkamen. Er sagte nicht viel. Er brachte mich einfach ins Schlafzimmer. »So«, sagte er, »sprechen wir uns mal aus. Ich will dich wiederhaben und mich einen Dreck um deine Vergangenheit kümmern. Wie ist's?«

»Wenn du dich wirklich mit dem Gedanken, ein Schrapnell geheiratet zu haben, abgefunden hast, soll mir das recht sein. Ich liebe dich auch, aber jetzt wollen wir die Sache ein bißchen leichter nehmen. Verlangen wir doch nicht so viel voneinander. Wenn ich ab und zu mal auf die schiefe Bahn komme und mich ein bißchen herumtreiben, verstehst du nicht, daß ich dich trotzdem liebe?«

»Ich nehme dich zu allen Bedingungen wieder, Susan. Ohne dich ist das Leben einfach nicht die Mühe wert. Allerdings, was mich betrifft, ich brauche keine andere Frau.«

Er änderte seine Meinung, als er Betty Hunt und Paula Fentis kennenlernte. Jetzt sind wir Mitglieder der Gruppe. Für uns beide war das die beste Lösung. Über die Marine haben wir seither kaum jemals gesprochen.

SUSAN MARTIN

90

## 8  Cindy Knowles

Ich wurde in einer der letzten Bastionen des alten Westens geboren, einer kleinen Stadt in Wyoming, die noch heute hartnäckig an ihrer Tradition als Pionierstadt hängt. Mein Vater war Viehhändler und mußte durch diesen Beruf fast immer unterwegs sein. Mutter und ich blieben in dem alten Fachwerkhaus mit dem Lattenzaun, den Rosen und Geranien auf der Veranda, der kleinen Scheune und dem Corral hinterm Haus.

Ich glaube, daß meine Kindheit ziemlich normal war. In den bitterkalten eisigen Wintern ging ich zur Schule, und in den langen goldenen Sommern gab es die typischen Vergnügungen einer kleinen Stadt.

Schon früh war ich körperlich gereift und erkannte, daß mein Körper gewisse interessante aber verwirrende Eigenschaften bekam. Wenn ich nackt vor dem großen Spiegel im Badezimmer posierte, freute ich mich über meine hübsch geformten Brüste, hätte sie aber lieber größer gehabt. Ein gut geformter Rumpf, runde Hüften und ziemlich (wie ich dachte) erotische Schenkel entschädigten mich für den Mangel im oberen Stockwerk. Sogar das

Miniaturbüschel meiner Schamhaare betrachtete ich mit Zufriedenheit, bürstete und kämmte es zuversichtlich.

Diese Augenblicke intensiver Eigenliebe genoß ich sehr und vermute, daß jedes kleine Mädchen seine erste Affäre mit sich selbst hat. Aber diese Beschäftigung mit mir selbst brachte Gefühle hervor, die nicht nur mit Erregung, sondern auch mit Schuld beladen waren. Ich hatte entdeckt, daß in meinen Lenden ein Kribbeln entstand, das einem elektrischen Schlag vergleichbar war, wenn ich meine Schenkel mit den Händen rieb; wenn ich weitermachte, geriet mein ganzer Körper in eine köstliche Spannung. Beinahe hätte ich so masturbieren gelernt. Die faszinierenden Möglichkeiten, die eine Muschi bot, blieben mir nicht verborgen, aber ich hatte die vage Vorstellung, daß an diesem Teil meines Körpers etwas Schmutziges sei, so zögerte ich, ihn zu berühren.

Mutter hatte ein strenges Auge auf mich, so wurden meine Begegnungen mit Jungen gewöhnlich zu streng überwacht, als daß ich von ihnen hätte etwas lernen können, obwohl es sicher viele gegeben hatte, die nichts lieber getan hätten.

Und doch gab es eine Ausnahme: Mein Spielkamerad aus unschuldigen Jahren war zwei Jahre älter als ich. Jim war groß und wahnsinnig hübsch – ich war verrückt nach ihm und betete ihn an. Als Kinder waren wir unzertrennlich, als er aber älter wurde, schien er sich von mir zurückzuziehen, eine Barriere zwischen uns zu errichten, die mich manche Nacht weinend verbringen ließ. Ich betete Jim an, wie ich es immer getan hatte, beugte mich aber seinem männlichen Recht, mich als minderwertige Kreatur zu betrachten, ein Ding, das der Würde eines Jungen, der bald ein Mann sein würde, nicht entsprach.

Mir kam nicht in den Sinn, daß Jim möglicherweise eine ähnliche Phase sexuellen Erwachens durchmachte, die gleichen Qualen und Frustrationen, die meine Nächte bedrückten und mich am Tage quälten. Ich nahm es als selbstverständlich hin, daß seine männlichen und daher erhabeneren Gedanken nur so unschuldigen Dingen wie Pferde, Baseball und seinem Chemiekasten, den er in einem alten Lagerraum als ›Laboratorium‹ pflegte, vorbehalten waren. Sein Vater hatte ihm diesen Teil der Scheune gelassen, wahrscheinlich als Vorsichtsmaßnahme, um ihn daran zu hindern, das ganze Haus in die Luft zu sprengen. Jim hielt die Tür zu diesem Raum immer geschlossen, und meine mädchenhafte Neugier, was diesen Raum und das, was darin geschah, betraf, war grenzenlos.

Es war im Juni, eine Woche nach Beginn der Sommerferien. Ich war einsam und unruhig. Zum Lesen hatte ich keine Lust, so schlenderte ich ziellos im Hof herum und wandte meine Schritte schließlich in die dunkle Kühle der Scheune. Im Innern gab es weiche Schatten, goldene Sonnenstrahlen, einen himmlischen Duft, zusammengesetzt aus dem Geruch der Tiere und frischem Heu.

Ich war sicher, daß Jim zum Baseballspielen gegangen war. Es gab immerhin eine entfernte Möglichkeit, daß er vielleicht diesmal vergessen hatte, sein geliebtes Laboratorium abzuschließen. Ich wollte nur einen verstohlenen Blick auf die Wunder, die es da drinnen gab, werfen. Als ich mich der Tür näherte, sah ich, daß das Vorhängeschloß geöffnet war. In schuldbewußter Erregung öffnete ich die Tür und ging hinein. Es war ein kleiner Raum mit einer Bank, Regalen und einer eindrucksvollen Reihe von Flaschen, Reagenzgläsern und einem Bunsenbrenner. Hier herrschte eine ganz eigenartige Atmosphäre, die sich von der Luft des Stalles unterschied.

Diese Dinge vermerkte ich in einer raschen Sekunde, ehe mir bewußt wurde, daß ich nicht allein im Raum war. In einer Ecke saß Jim auf einem Hocker. Er war von den Hüften an abwärts nackt, seine Hosen und Unterhosen lagen auf dem Boden. Verzweifelt hatte er in seinem Schoß etwas gepackt, das er mit beiden Händen vor mir zu verbergen suchte.

»Was machst du denn hier?« fuhr er mich an, sein Gesicht war in ein tiefes Purpurrot getaucht. »Raus hier, du Spion!« Ich betete Jim an und, weil ich ohnehin ein überempfindliches Frauenzimmer war, verletzte mich das tief. Anstatt den Raum zu verlassen, brach ich in Tränen aus. »Es tut mir so leid, Jim«, jammerte ich. »Ich wußte nicht, daß du da bist. Ich wollte mir nur das Laboratorium ansehen. Jetzt magst du mich überhaupt nicht mehr, oder?«

»Ach, jetzt hör schon auf zu flennen«, grollte er, aber seine Stimme war ein wenig zerknirscht. »Tut mir leid, Cindy. Na gut, hast du mich also erwischt. Na und?«

Zuerst wußte ich nicht, was er meinte, dann aber sah ich, was er mit den Händen zu verbergen suchte. Ich verstand. Meine Tränen verschwanden, und ich errötete wie er. Trotzdem ging ich nicht weg. Ich konnte einfach nicht. Es war faszinierend.

»Sag mir bloß, du machst es nicht«, drängte er. »Ich hab selbst gesehen, wie du es in der Umkleidekabine am See gemacht hast.«

Ich mußte vor Entsetzen schlucken. »Wie kannst du ... die Tür war doch zu?«

»Dummerchen, das Schlüsselloch. Ich habe oft gesehen, wie du an dir gespielt hast, nur hast du dich meistens umgedreht.«

»Das habe ich nicht gemacht . . . das was du meinst«, sagte ich. »Ich reibe nur so an meinen Beinen. Das andere würde ich nicht tun. Es ist unanständig.«

»Überhaupt nicht. Es macht Spaß. Komm her, ich zeig es dir.«

Ehe ich merkte, was er vorhatte, zog er mich sanft zu sich und hielt mich fest. Er ließ sein Ding los und griff unter meinen Rock, streichelte meine Schenkel. Ich wehrte mich ein bißchen, aber nicht sehr. Ich wußte, das das sehr böse war, aber es gab da zwei Dinge, die mich bei der Sache hielten: erstens seine Erektion, die so groß und arrogant aus dem Haardreieck hervorsproß. Zum ersten Mal erblickte ich ein männliches Geschlechtsorgan, und ich konnte meinen Blick einfach nicht davon losreißen. Zum andern war seine Hand an meinen Schenkeln, rieb, drückte und streichelte sie, war langsam auf ihrem Weg nach oben zu meiner Scham. Alle Mädchen haben es gern, wenn man an ihren Beinen spielt, meine aber sind superempfindlich. Ich habe sogar schon einmal einen Orgasmus gehabt, als ein Mann nur die Innenseiten meiner Schenkel streichelte und küßte. Und als Jim mich berührte, war ich völlig hilflos, alle Kraft verließ meinen Körper, an ihre Stelle trat ein köstliches Gefühl von Wärme und Entspannung. Ich ergab mich völlig der steigenden Flut der Leidenschaft.

Er begann mich auszuziehen, mein Kleid, meinen Büstenhalter und meine Höschen. Er keuchte und zitterte vor Erregung, als er unzählige Küsse über mein Gesicht und meine Brüste regnen ließ, während seine Hände noch immer an meinen Beinen und meiner Scham spielten.

Ganz schwach hörte ich die Stimme meines Gewissens, aber diese Stimme war sehr, sehr leise. Als er mich auf seinen Schoß zog, mich auf seinen Tony setzte, übertönte das Klopfen meines Herzens das letzte bittende Flüstern.

Er versuchte nicht, in mich einzudringen, sondern hielt einfach nur die Spitze an meine Klitoris und bewegte seine Hüften so, daß er an ihr rieb, so hatte er die Hände frei, um meine Brüste zu streicheln, meine Schenkel zu liebkosen; er küßte mich, schob seine Zunge in meinen Mund, zog dann meine zu sich hinein.

Ich reagierte mit jedem Nerv, mit jedem Muskel, jeder Zelle meines Körpers. Ich schien jedes Gefühl für meine Individualität zu verlieren, als ich mit ihm verschmolz. Es kam mir jetzt nicht mehr sonderbar vor, so hier bei ihm zu sein. Die ganze Sache war sowieso wie ein Traum, und in mancher Nacht war ich aus einem Traum, in dem er meinen nackten Körper küßte, erwacht.

Ich wollte mehr und immer mehr von ihm. Ich wollte, daß dieser unglaubliche Augenblick ewig dauerte, diese Berührung seiner nackten Glieder, seiner sanften Hände und seines heißen, hungrigen Mundes. Ich spürte es kaum, als er meine Beine spreizte und die Spitze vorsichtig in mich zu schieben begann. Alles wurde unwichtig, verglichen mit der Gegenwart seines Körpers und meinem eigenen köstlichen Begehren.

Als er in mir war, ließ er sich auf den Boden gleiten, hielt mich dabei fest, und dann war er über mir und ich wurde mir der Tatsache bewußt, daß ein Teil seines Körpers in mir war, sich langsam hin und her bewegte. Was er mit mir machte, fand ich herrlich.

Das Tempo seiner Bewegungen steigerte sich, er fing an, schluchzende Schreie auszustoßen, rief immer wieder meinen Namen, als läge er in Agonie. Und dann kam eine neue Empfindung, das angenehme Gefühl, als etwas Heißes und Flüssiges in meinen Körper strömte, und Jim stöhnte, seufzte tief vor Erleichterung und entspannte sich, lag mit seinem ganzen Gewicht auf mir, als er mich zärtlich küßte.

»Es tut mir leid, daß du es nicht geschafft hast«, murmelte er. »Ein Mädchen braucht länger, bis es das gelernt hat. Ich wette, ich kann es dir mit den Fingern machen.« Er rollte von mir herunter, legte seine Hand zwischen meine Beine, berührte meine Scham und massierte sie zart. Ich wußte nicht so genau, was eigentlich passieren sollte, aber ich spürte, daß das, was er machte, herrlich war.

Es dauerte lange, aber Jim war geduldig und entschlossen, bis die zunehmende Spannung in mir einen Punkt erreichte, an dem sie unerträglich wurde. Mein erster Orgasmus war so, als wären alle Freuden, die ich jemals erlebt hatte, auf einmal zusammengekommen. Er war wie der erste Löffel Eis an einem heißen Sommertag, wie der Gesang einer Lerche im Morgengrauen und wie der warme Schimmer des Christbaumes in einer glücklichen Familie. So war er und doch noch viel schöner, unendlich schöner.

»Hat es dir gefallen?« fragte Jim eifrig.

Ich nickte, war noch so bewegt, daß ich nichts sagen konnte. Jetzt, wo meine Leidenschaft abzuebben begann, pochte mein Gewissen lauter, aber ich hörte einfach nicht hin. Um mich gegen den dunklen Eindringling zu wehren, zog ich Jims Gesicht zu meinem herunter und ließ mich wieder küssen. Ich klammerte mich wild an ihn, fürchtete mich davor, nur einen Augenblick von ihm getrennt zu sein.

»Du bist einmalig!« flüsterte er leidenschaftlich. »Ich habe es mit anderen Mädchen gemacht, aber keine kann sich mit dir vergleichen. Ich war schon lange spitz auf dich, Cindy. Ich habe dich beobachtet, wo immer ich konnte. Ich war einmal sogar nachts in deinem Zimmer. Du hast geschlafen und ich habe die Decke weggezogen, um deinen Busen zu betrachten. Er ist so schön. Gerade jetzt, als ich da saß und mich gestreichelt habe, mußte ich an dich denken, dabei habe ich mir vorgestellt, dich hier bei mir zu haben ... nackt. So lange habe ich mich danach gesehnt, dich zu küssen und anzufassen, dich auszuziehen und mit dir zu schlafen.«

»Ich liebe dich, Jimmy«, sagte ich zu ihm. »Ich liebe dich mehr als alles andere auf der Welt. Ich will, daß du mich ... äh ... verkehrst, so oft du willst!«

Jim grinste: »Ich liebe dich auch, Cindy. Du bist das hübscheste Mädchen in der Stadt, und ich brauche dich. Von jetzt an mach ich es mit keiner anderen mehr. Wenn ich heute nacht in dein Zimmer schleiche, läßt du mich dann wieder?«

»Natürlich. Jede Nacht. Jim, wie ist es, wenn ich ihn anfasse? Sieh mal, er wird wieder hart wie am Anfang.«

»Klar«, sagte er, »halt ihn nur fest. Es ist toll, wenn du mit ihm spielst. Ist viel besser, als wenn ich es mir selbst mache. Bei dir spiele ich auch gern. Komm, wir machen das, bis wir wieder soweit sind. Willst du, Cindy?«

»O ja! Bitte!«

Ich faßte ihn gerne an. Er war wie eine Sprungfeder in Samt. Er war weiß, so wie die Stellen an Jims Körper, die nicht gebräunt waren, aber die runde Spitze war rosa mit einem Hauch Purpur. Ich beugte mich hinunter, um ihn näher zu betrachten, dabei sah ich einen Tropfen dicker weißer Flüssigkeit hervortreten.

Als Jimmy wieder auf mir lag, konnte ich kaum erwarten, daß er ihn wieder in mich steckte, ihn zurück in sein Nest brachte. Er nahm sich Zeit, zeigte mir, wie ich meine Beine um ihn schlingen mußte, wie ich mit den Hüften kreisen mußte.

Beinahe wäre es mir gekommen, als er soweit war, und Freude erfüllte mich, weil ich wußte, daß ich es mit einem bißchen Übung schaffen würde, einen Orgasmus zu bekommen. Kaum war er fertig und hatte begonnen, mich mit den Fingern zu streicheln, da fing ich auch schon zu zucken an und biß ihn in wildem Entzücken in den Hals.

Dreimal machten wir es an diesem Morgen, süß und verträumt vergingen die Stunden, unbemerkt in unserer eigenen kleinen Welt der Liebe und Leidenschaft.

Wir küßten und streichelten uns, und Jim machte es mir mit den Fingern, mehr wollte er nicht tun.

»Bei Mädchen ist das anders«, sagte er zu mir. »Bei dir kann es hundertmal am Tag kommen, aber einem Jungen kommt es nur ein paarmal, dann kann er einfach nicht mehr. Ich will meine restliche Energie für heute Nacht aufheben. Muß sagenhaft sein, mit dir im Bett zu liegen.«

Kaum war Mutter an diesem Abend eingeschlafen, da kletterte Jim schon in mein Zimmer. Und, wie er vorausgesagt hatte, es war sagenhaft. Nackt und aneinandergekuschelt lagen wir unter der Decke, wanden uns aneinander wie Schlangen. Ich streichelte seinen glatten Körper, küßte seine Brust und seinen Bauch, zog dann sein Gesicht hinunter zu meinen Brüsten, schwelgte in der saugenden Beharrlichkeit seines heißen Mundes und seiner Zähne auf meinen harten, gespannten Warzen.

Zweimal machten wir es, ehe wir einschliefen. Irgendwann in der Nacht träumte ich, wir würden es wieder tun, und als ich erwachte, merkte ich, daß wir es wirklich taten, dabei bekam ich dann den Orgasmus, nach dem ich mich schon lange gesehnt hatte. Jim mußte meinen Mund mit der Hand verschließen, sonst hätte mein ekstatischer Schrei das ganze Haus geweckt.

Ich war 25 und nach Pittsburg gezogen, weil ich dort einen Job bekommen hatte. Für mich war es immer ein Wunder, warum Frauen auf manche Männer so stark reagieren. Newton Klein, unser neuer Oberbuchhalter, war dick, in den Vierzigern und trug eine Brille mit dicken Gläsern, aber ich wurde schon schwach vor Begehren, wenn er nur mit mir im Zimmer war. Er war der erste Mann nach Jim, der so auf mich wirkte; ich konnte es einfach nicht verstehen. Dann waren wir eines Nachmittags allein im Büro. Ich stand an einem Aktenregal und wußte, daß er direkt hinter mir war. Ich war am Ende meiner Widerstandskraft angelangt, drehte mich plötzlich um, legte die Arme um ihn, rieb meine Brüste an ihm und küßte ihn. »Nimm mich, wenn du willst«, bat ich, »wenn nicht, dann sag's und laß mich von hier weggehen. Ich kann das nicht mehr aushalten. Bitte, bitte nimm mich!«

»Ich will«, gab er zu. »Die Tür ist verschlossen. Wir können es gleich auf dem Boden machen.«

Zusammen sanken wir zu Boden, er hob meinen Rock, um mir die Höschen auszuziehen. Ich war so ungeduldig, daß ich zitterte, machte seine Hosen auf und ließ seinen Griffel herausspringen, weiß und stark. Welch ein Mann

– was für eine Leidenschaft! Und dieser Buchhalter – was hatte er für Ideen!

Zwar hatte ich schon von diesen erotischen Praktiken gehört, Jim und ich hatten sie aber noch nie ausprobiert. Ich war jedoch immer noch unheimlich heiß und hätte wahrscheinlich alles getan, um ihn bei mir zu halten, so beugte ich mich hinunter und nahm ihn in den Mund. Es war so schön! Jawohl! Ich wurde vor Glück fast ohnmächtig, als er mich umdrehte, meine Beine spreizte und an meinem Mäuschen leckte. In dieser Stellung blieben wir, bis wir einen zweiten Orgasmus erlebten.

In dieser Nacht beschloß ich, ein neues Leben anzufangen. Zwei Wochen später fuhren wir in die Flitterwochen auf die Bahamas! Cindy und ihr kleiner scharfer Buchhalter.

CINDY KNOWLES

# 9  Mark Hunt

Meine Jugend war eine Idylle. Ich wuchs in Oregon auf, in einer Stadt, die ganz von einer Sägemühle abhing. Alles drehte sich um DIE MÜHLE: Wirtschaft, Kultur, das gesellschaftliche Leben. Und so dachten wir über sie, in großen Buchstaben, denn, wie ich einen wettergegerbten alten Arbeiter einmal sagen hörte, »erst mit zwanzig bekam ich heraus, daß Gott seine Befehle nicht direkt von den Holzwerken Balforth bekam«.

Wenn der Holzmarkt gut war, ging es auch uns gut. Wenn er schlecht war, gab es Entlassungen, und wir mußten von der Arbeitslosenunterstützung leben. So einfach war unsere Wirtschaft.

Für uns Kinder war die Mühle einfach ein Faktor unseres Lebens ... vielleicht *der* Faktor. Sie war einfach da wie die Berge und der Himmel, ein tobendes, sägemehlspuckendes, aber gütiges Monstrum, dem unser Leben unweigerlich gewidmet sein würde. Bis dahin hatten wir aber noch die wilden Bergbäche zum Angeln, wilde Erdbeeren zum Pflücken auf den abgeholzten Hügeln, die einmal Wälder getragen hatten. Und es gab einen Teich zum Schwimmen.

In dieser Umgebung wuchs ich so selbstverständlich auf wie Unkraut an der Straße und so unschuldig. Mein Mangel an Wissen war allumfassend. Sogar für ein Hinterwäldlerkind muß ich erstaunlich dumm gewesen sein. Jedoch, weil alles relativ ist, fiel mein Mangel an Bildung in einer Stadt, in der sich keiner Mühe gab, mehr zu lernen als seinen Job im Sägewerk, kaum auf.

Ich glaube, ich war schon vierzehn, ehe mir klar wurde, daß die Menschen sich in zwei Typen unterschieden... männliche und weibliche. Das mußte mir irgendwer gesagt haben.

Und die bei weitem weiblichste der nicht sägenden Bevölkerungshälfte war Betty Lawson. Schon mit dreizehn war Betty eine richtige Frau, mit roten Haaren, tiefblauen Augen und zwei sehr interessant hüpfenden Brüsten unter der Bluse. Wir wurden gute Freunde. Wenigstens war sie meine Freundin, während ich, in meinem Herzen unschuldige und idealistische Jugend, ihr Ritter sein wollte, ihr Sklave, ihr Knappe. Ich glaube, ich sah mich als eine Art Kombination eines Hillbilly-Supermanns mit Prinz Eisenherz. Als meine Natur ihr Recht verlangte und insgeheim meinte, es könnte sich als sehr lohnend herausstellen, sie zu küssen, eine verstohlene Hand unter ihren Rock zu schieben oder versuchsweise eine ihrer Brüste zu betatschen, schob ich das ganz ernsthaft beiseite, tief beschämt über die Lästerung meiner sakrosankten Göttin.

Dieser lächerliche Zustand währte meine ganze Schulzeit lang. Wir waren Kumpel, Spielkameraden und Freunde, während ich sie insgeheim und ganz schüchtern anbetete. Erst nach der Schulzeit entdeckte ich, daß mein Idol aus Fleisch und Blut war.

Es war an einem Sonntagabend im Juni. Die Mühle war still und dunkel, abgesehen von einem einzigen Licht, das immer über dem Mühlteich brannte. Wir gingen den Weg entlang, der um das schwarze Wasser des Teiches führte, und fanden einen Baumstamm, auf den wir uns setzten. Es war ein feierlicher Augenblick in meinem Leben. Die Schule und wahrscheinlich auch meine Kindheit lagen hinter mir. Vor mir drohte nur jene Seitentür im Hauptgebäude der Mühle, auf der »Personalbüro« stand. Ich hatte keinen Anlaß, daran zu zweifeln, daß die Mühle meine Bestimmung war, wie sie auch die Bestimmung meines Vaters gewesen war.

Darüber sprachen wir, unterhielten uns über meine Zukunft, als sei die Aussicht, die nächsten dreißig Jahre als Arbeiter in einem Sägewerk zu verbringen, wirklich eine Sache, die man Zukunft nennen konnte. Aber mein Geist war bei einem anderen Thema. Dies war die Nacht, der zauberhafte Augenblick, in dem ich, wenn ich nur den Mut dazu hatte, Betty fragen würde, ob sie meine Frau werden wollte.

Und als ob sie die Richtung meiner geheimen Gedanken erraten hätte, stellte sie mir schüchtern eine Frage, die mich völlig durcheinanderbrachte und mich in entsetzte Verwirrung stürzte.

»Mark, warum hast du mich nie geküßt?«

Ich schluckte. Ich gab undefinierbare Töne von mir.

»Hat dir noch keiner gesagt, daß Mädchen sich *gerne* küssen lassen? Wir kennen uns jetzt vier Jahre, und das Äußerste, was du bisher getan hast, war Händchenhalten im Kino. Manchmal frage ich mich, ob du mich eigentlich wirklich magst oder nicht.«

»Betty«, konnte ich gerade so hervorstoßen, »ich ... ich ... ich habe dich schon immer küssen wollen, aber ich dachte, daß du ... das heißt ... hm, ich bewundere dich ... das konnte ich nicht wissen.«

Sie seufzte. »Na, ist es jetzt nicht Zeit, daß du damit anfängst?«

Mit messerscharfer Logik erkannte ich, daß Betty jetzt von mir geküßt werden wollte. Zitternd, tollkühn, auch noch der letzte Rest meines nicht so scharfen Geistes hatte mich verlassen, legte ich einen Arm um sie und drückte folgsam meine Lippen auf ihre. Sie kicherte. »Nicht so, du Dummerchen. So.« Ihre Lippen teilten sich, ihre Zunge schlüpfte zwischen meine Zähne. Ich geriet total aus den Fugen. Ich will damit sagen, daß aller Kitt, der mich bisher zusammengehalten hatte, sich in der Hitze ihres Kusses auflöste. Die Welt drehte sich unter mir, am Himmel schwankten die Sterne. »So ist's besser«, murmelte Betty.

Oh, es war wirklich besser, das war nicht zu leugnen. Es war so viel besser, daß mein Zustand schon an der Verformung meiner Beinkleider zu beobachten war. »Er« hätte auch beinahe eine Sprengung geschafft, als sie meine Hand durch eine Öffnung, die sie insgeheim mittels Aufknöpfens ihrer Bluse geschaffen hatte, führte. Sie hatte sich vorbereitet ... das heißt, sie trug keinen Büstenhalter. Als meine Hand der seidigen warmen Kugel begegnete, war ich so überrascht, daß ich mich wahrscheinlich unsterblich blamiert hätte und weggelaufen wäre, hätte sie nicht einen Arm fest um meine Taille und die andere in meiner Hose gehabt. Und gleichzeitig hatte sie meine Zunge in ihrem Mund und hielt sie dort mit Hilfe starker Saugkraft gefangen.

Ich war von ihrer plötzlichen Dynamik so verwirrt und benebelt, zudem so verdammt scharf, daß ich ganz schwach und hilflos war. Ich erinnere mich nicht an das Ausziehen. Wahrscheinlich hat sie das für mich erledigt.

»Nimm mich!« flüsterte sie. »Nimm mich, Mark!« Und ich nahm sie. Zumindest tat ich als Novize mein bestes. Natürlich kam es mir viel zu schnell, aber sie ließ mich einfach nicht weg, ihre lieben Arme hielten mich auf ihr fest, ihre kreisenden Hüften trieben mich zu weiteren Anstrengungen. Ich spürte, wie mein Piephahn weich wurde und dann wunderbarerweise wieder hart.

»O Gott!« schluchzte sie. »Ja, so ist's richtig, Liebling. Gib mir deinen Piephahn. Bitte, ich will ihn spüren. Liebster! Ahh!«

Ganz verschwommen hörte ich den Strom von Obszönitäten von ihren süßen Lippen, aber ich maß ihnen keine Realität bei. Sie waren ein Traum, ein Teil des Glücks, das mich gepackt hatte.

Ich kam zusammen mit ihr, mein Körper und mein Gehirn schienen im Schmelzofen meiner Lust zu vergehen, sich in einen geschmolzenen Strom zu verwandeln, der in pulsierenden Strömen aus mir heraus ins Universum unserer gemeinsamen Lust kam.

Sie küßte mich wie wild, drückte mich an sich, rieb ihre schönen Schenkel an meinen Hüften wie eine Katze, die gestreichelt wird. »Du bist wundervoll«, murmelte sie wie in Ekstase. »Mit dir ist es schöner als mit allen anderen. Warum haben wir das die ganzen Jahre lang versäumt? Wir hätten das immerzu haben können.«

Meine Vernunft war wieder zurückgekommen oder

wenigstens das, was ich dafür hielt. Ich hörte die Worte, die sie sagte, und jetzt bekam alles einen schrecklichen Sinn. Von irgendwoher blies ein kalter Wind, kühlte meinen schwitzenden Körper und berührte mich mit den kalten Fingern völliger Ernüchterung. Meine Göttin, meine reine, jungfräuliche, unberührbare Göttin, war sie es noch?

Nun ja, ich wurde in dieser Nacht erwachsen. Schade nur, daß ich dazu noch nicht reif war.

»Du ... du bist nichts als ein Flittchen!« platzte ich heraus, riß mich von ihr los, stand auf und griff nach meinen Kleidern.

»Ich wollte dich bitten, meine Frau zu werden«, erklärte ich in gekränktem Stolz. »Ich habe gedacht, du wärest ...«

»Ich habe gewußt, wofür du mich gehalten hast, und habe auch gewußt, daß du mich heute nacht fragen würdest, aber ich mußte erst herausbekommen, ob du ein Mann bist oder nicht. Nun, jetzt weiß ich es. Bitte – geh jetzt!«

Ich nahm meine Kleider unter den Arm und stolperte den Weg entlang, drehte mich nur einmal um und sah zu ihr. Sie war immer noch nackt und sah im Licht der Sterne wunderschön aus. Das Gesicht hatte sie in den Händen verborgen, ihre Schultern zuckten. Ich dachte, sie würde über mich lachen, als ich mit brennendem Gesicht vom Ort meiner Schande floh.

Am Morgen vor Tagesanbruch verließ ich die Stadt. Ich trampte nach Portland und meldete mich bei der Marine. Nach der Grundausbildung kam ich nach Okinawa zu einer Division. Wir waren bei den ersten, die als »Militärberater« nach Vietnam kommen sollten.

Irgendwo zwischen Reisfeldern und stinkenden Dschungeln, bis zum Hals in Egeln, Schlangen und mörderischen kleinen Vietcong fing ich an, erwachsen zu werden. Oh, nicht auf einmal und nicht ganz, aber Stück für Stück lernte ich inmitten des Todes das Leben kennen. Manchmal kauerte ich mich hinter den schützenden Stamm eines Trapang-Baumes, holte aus meiner Tasche Bettys Bild, betrachtete es mir und verstand sie besser als in jener schrecklichen Nacht am Mühlteich. Ich liebte sie immer noch, nicht als Göttin, sondern als Frau. Ich erinnerte mich, wie ich ihre harten Brustwarzen an meiner Zunge gespürt hatte, erinnerte mich daran, wie ihre Augen, getrübt von Lust, mich angebetet hatten. All ihre Lieblichkeit und die schönen Jahre, die wir gemeinsam verbracht hatten, alles kam mir wieder ins Bewußtsein, über allem aber bleib die Erinnerung an ihre nackten Schenkel, die meine Erektion umschlossen und aufgenommen hatte.

Nach sieben Monaten erwischte es mich. Eine Granate füllte meine linke Seite vom Knöchel bis zur Hüfte mit Metallsplittern, aber ich lag da, blutend und halbtot, und kämpfte weiter, bis der Angriff abgeschlagen war.

Wochenlang mußte ich in Saigon und Okinawa im Krankenhaus bleiben, bis ich wieder aufstehen und auf Urlaub in die Stadt gehen konnte. Ein Brief aus der Heimat brannte in meiner Tasche, und ich wollte mich so rasch wie möglich betrinken; so humpelte ich in die nächste Bar. Meine Mutter hatte mir entsetzt geschrieben, daß Betty Lawson ein sündiges Leben führte. Sie war die Geliebte von Shad Hollyman, dem Säufer, geworden.

Ich saß in dieser miesen Kneipe am Tisch, besoffener

als ein Rekrut bei seinem ersten Ausgang, und stieß meine Krücke auf den Boden, damit man mir mehr Gin brachte. Eines der drei Barmädchen kam zu mir herüber, eine kleine Vietnamesin mit liebem Lächeln. »Du in mein Zimmer kommen, machen *skivvy dohi bangbang* mit mir?« fragte sie. »Dann schlafen. Kein Ärger machen. Okay?«

»Klar mache ich bangbang mit dir, Baby«, stimmte ich zu. Sie führte mich in ein Hinterzimmer. Nun gilt in diesen Kneipen die Regel, daß man versuchen kann, etwas für sein Geld zu bekommen, solange man eine Erektion hat. Und an diesem besonderen Tag hatte ich das, was man einen ›Alkohol-Harten‹ nennt. Ich konnte es ewig machen, ohne daß meine Kanone losging. Sie war schon ein erfahrenes kleines Stückchen.

Plötzlich ging alles ein wenig durcheinander. Das Zimmer war voller kreischender Japaner, außerdem waren da noch zwei grimmige Militärpolizisten mit Gummiknüppeln. Erst im Bau wachte ich wieder auf, mit einer dicken Beule auf dem Schädel.

Meine Medaille bekam ich, als ich noch in Haft war. Sie mußten mich zur Überreichung freilassen, dann vergaßen sie wohl, mich wieder in die Zelle zu bringen, aber ich durfte das Militärgelände nicht verlassen, bis ich wieder in die Staaten geflogen wurde, wo man mich weiterbehandelte und dann entließ. Man gewährte mir eine Pension, die ausreichte, mich während meines Studiums zu unterhalten. Etwas hatte ich jedenfalls gelernt: man konnte im Leben noch anderes anfangen, als sich in den Holzwerken Balforth kaputtzuarbeiten.

Nach vier Jahren auf dem College hatte ich einen ungeheuren Appetit auf Studentinnen entwickelt und bekam ein Angebot, bei der NASA zu arbeiten.

Ich war seit fünf Jahren nicht mehr zu Hause gewesen, aber meine Eltern wurden jetzt alt, und ich meinte, Betty Lawson vergessen zu haben; so nahm ich mir zwei Wochen frei, ehe ich die Stelle antrat, und ging nach Norden. Nichts hatte sich geändert, abgesehen davon, daß Papa ein wenig grauer und gebeugter war und Mama mit den Jahren verbrauchter und müder aussah.

Eines Nachts tat ich etwas sehr Dummes. Es war Juni, die wilden Rosen blühten und . . . nun, ich hätte eigentlich nie zurückkommen dürfen. Ich ging hinaus zum alten Mühlteich und stand im Licht der Sterne an einem bestimmten alten Baumstamm.

»Mark.«

Ich drehte mich um, und da war sie, sah nicht viel älter aus, sie hatte sich nicht verändert. Ich streckte die Arme aus, und sie rannte zu mir. Wir küßten uns, weinten, lachten, versuchten gleichzeitig zu reden. Als wir uns soweit beruhigt hatten, sagte ich ihr, daß ich wußte, wie dumm ich gewesen war, und bat sie um Verzeihung.

»Ist schon gut, Mark«, sagte sie großzügig. »Ich hätte dich niemals so schockieren dürfen. Wenn du nicht weggelaufen und zur Marine gegangen wärst, hätte ich es dir auch so klargemacht. Ich war nur im Moment böse und verletzt. Ich bin in dieser Nacht dageblieben und habe geweint. Stundenlang.«

»Und ich dachte, du würdest mich auslachen«, sagte ich trübselig. »Es ist nicht zu spät. Heirate mich jetzt, Betty. Ich habe eine gute Stellung in Nevada.«

Sie schüttelte den Kopf. »Ich kann nicht. Es tut mir leid, Mark. Shad war so gut zu mir, er braucht mich. Ich kann ihn nicht im Stich lassen.«

»Dieser alte Säufer?«

Sie grinste traurig und ein wenig verzerrt. »Du hast noch immer nichts gelernt. Dieser alte Säufer ist ein feiner Mann, ein Intellektueller. Er war einmal ein großer Musiker und Komponist. Während du weggelaufen bist und dich selbst bemitleidet hast, hat er mich unterrichtet und für mich gesorgt, eine bessere Frau aus mir gemacht. Ich schulde ihm so viel, ich kann jetzt nicht einfach weglaufen, so sehr ich dich auch liebe, und wenn er mich auch dazu drängen würde, wenn er davon wüßte. Ich will wieder dein Mädchen sein, solange du hier auf Urlaub bist, aber wenn du wieder gehst, heißt es für uns auf Wiedersehen. Versuch das zu verstehen, Mark.«

Ich versuchte es, schaffte es aber nicht. Schließlich hörten wir auf zu streiten, und ich half ihr beim Ausziehen. Ihr Körper, lieb und vertraut, doch fremd in seiner Reife, schimmerte im Mondlicht wie Quecksilber. Ich küßte die Lippen und die Brüste, die ich liebte und, weil ich im College mehr gelernt hatte als nur Betriebswirtschaft, auch ihre schimmernden Schenkel und ihre liebe Muschi, hörte ihre lieben, süßen, obszönen Wörter, als ich sie leckte, sie kitzelte, bis die unterdrückten Schreie ihrer Lust in die Nacht hallten.

Ich ließ es lange dauern, hielt inne, um sie zu küssen und zu streicheln, mit der Verzweiflung eines Verdammten, denn das war ich, verdammt zu einem Leben ohne sie. Später lagen wir nackt in der Nacht, ich lehnte mit dem Rücken am Baumstamm, ihr Kopf war in meinem Schoß. Sie kuschelte mein Ding an ihre Wange, küßte ihn zart, ihre Tränen näßten meine Schenkel. Als er schließlich wieder steif wurde, legte sie ihren nassen Mund über die Spitze, ich wandte mich um, spreizte ihre Beine und legte mein Gesicht auf ihre Scham. Wir brauchten eine

Stunde, bis wir fertig wurden, zögerten beide, es zu beenden, und als es dann doch kam, war es stärker und bewegender als je zuvor. Selbst dann wollte ich nicht aufhören. Ich blieb, wo ich war, meine Lippen und meine Zunge liebten das weiche köstliche Fleisch ihrer Muschi, mein Gesicht war naß, mein Mund voll. Wir blieben dort, bis die ersten Sonnenstrahlen über die Berge kamen.

Als mein Urlaub zu Ende war, ging ich allein nach Nevada. Lily Dunn heiratete ich aus Einsamkeit und Verzweiflung. Verzweiflung deshalb, weil die Heirat der einzige Schlüssel zu dem unsichtbaren Keuschheitsgürtel war, den sie trug.

Lily arbeitete in meinem Büro bei der NASA. Sie hatte schwarzes Haar, weiße Haut, ein Paar hübsche Brüste und Beine, die man in Stanniol verpacken und als Zukkerstangen hätte verkaufen können. Lily war ein guter Kumpel und machte jeden Spaß mit, aber sie war eine sehr, sehr entschlossene Jungfrau. Und als ich sah, daß es keinen anderen Weg in ihr Bett gab, machte ich ihr einen Heiratsantrag.

»Gut«, stimmte sie zu, »obwohl ich nicht glaube, daß du mich liebst. Ich glaube, daß du noch immer an deine Jugendliebe denkst, aber vielleicht habe ich die Chance, daß du sie vergißt.«

Lily war meine erste Jungfrau. Mit dem ganzen weißschimmernden Fleisch und den schönen, rosa gekrönten Brüsten war es schon wunderschön und ungeheuer faszinierend. Als ich es endlich geschafft hatte, war es ziemlich gut, aber nur für mich, obwohl ich fast schon zu müde war.

»Paß auf, Schätzchen«, sagte ich. »Laß das nur Papa Mark machen. Es gibt da noch andere Methoden, ich lasse dich schon nicht am Kissen kauen, während ich einschlafe.« Ich schlüpfte nach unten und ging mit der Zunge an ihre Muschi, aber sie bedeckte ihre Scham mit beiden Händen und sah mich an wie ein Ungeheuer, das gerade aus dem Abfluß gekommen war. Sie war ganz entsetzt, daß ich an so etwas auch nur denken konnte. War ich, fragte sie mich, vielleicht pervers?

O Mann. Und ich hatte gedacht, *jeder* hätte Havelock Ellis gelesen.

Wir stritten uns die halbe Nacht, dann schlief ich ein.

Nach einem Monat oder so konnten wir Verkehr haben, ohne vorher eine Dose Vaseline und lange Argumentationen, ob es recht sei, daß ich ihre Brüste küßte, zu haben. Aber das war es auch nur ... Verkehr. Sie hatte offensichtlich irgendeinen Knacks mit der ganzen Sache.

So hatten wir sechs trübsinnige Monate miteinander verbracht, als ich eines Tages auf dem Heimweg von der Arbeit dieser sexy aussehenden Blonden mit dem fantastischen Körper begegnete. Ihr Name war Ginger, und sie wollte. Ich nahm sie mit in ein Motel, und da ließen wir einen ab. Wir trieben es, daß die Wände wackelten, dann machten wir *soixante-neuf*. Sie erinnerte sich plötzlich an eine Freundin, die vielleicht einsam war. Sie rief sie an, und die Kleine kam ganz schnell ins Motel gehuscht. Und jetzt fing der Spaß erst richtig an. Ich leckte Ginger ab, während Ginger die Freundin ableckte und die Freundin mir einen blies. Sehr schön. Alle Motelbetten sollten mit zwei bisexuellen Schätzchen ausgestattet sein.

Allerdings sah ich bald ein, daß ich dieses Tempo nicht die ganze Nacht lang durchhalten konnte, so sandten wir nach einer Flasche ... und nach Verstärkung. Noch ein

Typ und ein Paar reagierten auf unser Notsignal, und es wurde eine Party, besonders, als einer von ihnen ein paar Flaschen Sprit mitbrachte und wir uns alle antörnten.

Ich kam gerade noch rechtzeitig genug nach Hause, um mich zu rasieren und eine Tasse Kaffee zu trinken, ehe ich wieder zur Arbeit mußte. Lilys Herz war gebrochen, aber sie versuchte, eine tapfere kleine Frau zu sein, wenn es ihr auch schwerfiel. Ich sagte ihr, daß mir alles zum Halse heraushinge. Oh, ich war wirklich der große, harte, rauhe Marineheld . . .

Auch in der nächsten Nacht kam ich nicht nach Hause. Ginger und ich trommelten dieselbe Bande zusammen, und wir ließen wieder was los. Dazu war ein neues Paar gekommen. Das Mädchen war noch ziemlich jung, hatte glattes braunes Haar, ein Kindergesicht und die Figur eines Teenagers. Ich fragte nicht nach ihrem Alter und wollte es auch nicht tun. Egal, ihr Partner hatte wieder vier Flaschen »Jack Daniels« dabei.

Am Morgen fand mich das Zimmermädchen. Sie dachte, ich wäre tot, und ihre Schreie weckten mich. Ganz so unrecht hatte sie nicht. Ich torkelte hoch, um mich im Spiegel zu betrachten; da wußte ich, daß ich in Vietnam Kerle begraben hatte, die viel besser ausgesehen hatten. Ich suchte und fand meine Kleider. Meine Brieftasche und meine Uhr waren weg, aber sie hatten wenigstens die Wagenschlüssel übersehen. Ich fuhr heim und kam in ein leeres Haus. Lily hatte einen Zettel auf den Küchentisch gelegt. Angestrengt las ich ihn, fiel ins Bett und schlief bis zum späten Nachmittag.

In diesem Zustand konnte ich nicht zur Arbeit gehen, es machte auch nicht viel aus, weil, wie ich später hörte, die Geschichte herumgegangen war und ich gefeuert wurde. Ich schlich nur im Haus herum, wartete, bis meine Wunden verheilt waren, und irgendwann in dieser Zeit erlebte ich den Augenblick der Wahrheit. Ich zwang mich dazu, die Bilanz »Mark Hunt« zu ziehen. Es war fürchterlich. Ich hoffe, daß ich mich niemals mit einem solchen Menschen abgeben muß. Jetzt sah ich ein, was ich Lily angetan hatte; als sie meiner Hilfe und meines Verständnisses bedurft hätte, hatte ich sie nur verachtet. Verdammt, es war nicht *ihre* Schuld. Ich hatte meine Chancen bei Betty verdorben, als ich noch ein dummer Junge war. Ich hatte nicht das Recht gehabt, meine Miesheit an anderen auszulassen. Ich packte meine Habseligkeiten und fuhr nach Hause.

So, wie ich es mir vorgestellt hatte, wartete sie in der Nacht am Mühlteich auf mich. »Ich hatte gehofft, daß du zurückkommst«, sagte sie.

»Ich bleibe hier«, versprach ich ihr. »Morgen gehe ich zur Mühle und bewerbe mich.«

»Was ist passiert?« fragte sie ängstlich, ihre Finger fanden einen kaum verheilten Schnitt über meinem rechten Auge.

»Ich bin erwachsen«, sagte ich. »Was Vietnam und das College mir nicht beibringen konnten, habe ich von einem jungen Kerl in Nevada gelernt. Ich glaube, daß ich jetzt vielleicht ein Mann bin oder wenigstens anfange, einer zu werden. Du mußt mir jetzt keine Erklärungen über dich und Shad abgeben. Ich kann jetzt warten, Betty. Eines Tages, wenn Shad nicht mehr da ist, werde ich zu dir kommen, vielleicht habe ich dann ein Recht auf dich und das Glück, das mir noch bleibt.«

Sie nickte. »Ja, ich kann den Wandel in dir sehen. Du wirst nicht lange warten müssen. Er stirbt, und er ist froh darüber. Er ist des Lebens müde, ist seiner selbst überdrüssig. Man darf nicht traurig sein.« Aber ich sah ihre Augen, die tränennaß waren.

Ich ging als Lader zur Mühle, und es dauerte kaum ein Jahr, da war Shad Hollymann tot. Betty, Doc Everest und ich waren die einzigen, die zu seiner Beerdigung kamen. Die Leute in der Kleinstadt können sehr grausam sein.

Kurz darauf wurde die Mühle geschlossen, und ich bekam diesen Job bei der Weltraumbehörde. Lily hatte sich von mir scheiden lassen, so konnten Betty und ich heiraten.

Wir sind glücklich.

MARK HUNT

## 10   Betty Hunt

An meinen Vater kann ich mich nicht erinnern. Ich wußte, daß er bei Balforth arbeitete, einer Gummifabrik. Er
war Lader beim Holzfällen. Ich war drei Jahre alt, als
eine Ladung Autoreifen abrutschte und ihn zerquetschte.
Die Gesellschaft gab Mama eine kleine Pension, die sie
in die Lage versetzte, uns einigermaßen komfortabel zu
unterhalten, solange sie für die Arbeiter wusch und bü-
gelte.

Mama liebte mich, aber sie war viel zu beschäftigt und
zu müde, um sich viel um mich zu kümmern, so war ich
mehr oder weniger mir selbst überlassen. Ich ging gern
zur Schule. Ich glaube, daß Mama es als selbstverständlich betrachtete, daß ich mich auch sonst gut benahm, solange ich in der Schule so gut war, denn sie hatte, wie fast
alle Analphabeten, einen ungeheuren Respekt vor der
Schule.

Schon mit elf war ich fast so groß wie jetzt, und mein
Körper war schon recht entwickelt. In dieser Zeit bekam
ich erotische Gefühle, die von Anfang an sehr intensiv
waren, nur daß ich kaum mehr als eine verschwommene

Vorstellung hatte, was ich mit ihnen anfangen sollte. Ich hatte Tieren zugesehen, Haustieren und Tieren der Wildnis, und dachte mir, bei Jungen und Mädchen müßte es ähnlich sein ... eine einfache Sache, er steckt sein Ding in mein Ding, was aber dann geschah, blieb mir ein Rätsel, ein Rätsel, das ich nicht ungern gelöst hätte. Wenn der Stier es wollte, kletterte er einfach auf die Kuh seiner Wahl und machte es, aber bei Menschen schien es viel komplizierter zu sein. Ich war zum Beispiel ganz darauf bedacht, aber die Regeln besagten, daß ich das einen Jungen nicht merken lassen durfte.

Ich tauschte mit Mädchen meines Alters Informationen und Meinungen zu diesem Thema aus, lehnte ihre Meinungen aber meistens als unrealistisch und unehrlich ab. Sie taten so, als fürchteten sie sich vor der Sexualität, während ich nur Begehren und Neugierde verspürte.

Ein paar Jungen aus dem College hatten unten am Fluß ein Clubhaus aus Brettern gebaut, es war das komischste Ding, das ich je gesehen hatte, zugleich das faszinierendste.

Und so ging es mir auch mit Bud Everest, dem Führer dieser Clique. Er sah ganz verrückt aus, aber auch faszinierend. Er war klein und muskulös. Er war der geborene Clown, hatte einen großen Mund, eine Stupsnase und lustige Augen.

Sie feierten dort ihre »geheimen« Parties: d.h. die Jungs tranken reichlich Alkohol und schwadronierten so übers Leben im allgemeinen und Mädchen im besonderen. Irgendwann einmal wurde auch mir die Ehre einer Teilnahme gewährt.

Innen war es so gespenstisch und wunderbar wie ich erwartet hatte. An einer Wand hatten sie eine rohe Koje gebaut. Auf dem Sandboden stand ein Tisch, der mit einem schwarzen Tuch bedeckt war. In der Mitte stand ein gebleichter, grimmig aussehender Schädel, der als Kerzenhalter diente. Und die Tatsache, daß es offensichtlich ein Schafschädel war, nahm ihm nichts von seiner gruseligen Wirkung. Als Stühle dienten alte Apfelkisten. Anwesend waren, außer Bud, noch zwei Clubmitglieder: Hank Johnson und Tom Sloane standen da, wichen aber in offensichtlicher Verlegenheit meinen Blicken aus. Sie sahen so furchtsam aus, daß ich mich fragte, was das Ganze eigentlich sollte.

»Wir haben abgestimmt«, verkündete Bud selbstbewußt, »und es ist die Entscheidung des Hohen Tribunals des Mystischen Ordens der Biber, daß du als Mitglied zugelassen werden sollst, allerdings erst nach einer Initiation. Willst du zu uns kommen, Betty?«

Ich lachte minutenlang drauflos – so kindisch konnten die Jungs doch wohl nicht mehr sein? Bud blieb todernst: »Mädchen haben wir bisher noch nicht aufgenommen, so haben wir für dich besondere Regeln aufgestellt.« Er errötete tief, als er mit mutiger Entschlossenheit fortfuhr. »Du mußt alle Kleider ausziehen und uns deine Muschi zeigen.«

Ich wollte schon, nur jetzt, wo die Gelegenheit da war, hatte ich etwas Angst wie sie.

»Ach, komm doch, Betty«, bat Bud. »Wir tun dir doch nicht weh. Ehrlich!«

Er legte seinen Arm um mich, knöpfte mein loses Kleid am Rücken auf und zog es bis zur Taille herunter. Von dort aus fiel es einfach über meine schlanken Hüften zu Boden. Ich hatte keine Unterwäsche an. So, wie mich die Jungs anstarrten, war ich sicher, daß ich das erste

Mädchen war, das sie jemals nackt gesehen hatten. Bud stand hinter mir, hatte meine Arme gepackt, als fürchtete er, ich könnte weglaufen.

»Können wir noch mehr sehen?« fragte er. Er drückte sich fest an mich, ich konnte seine Erektion an meinem Hintern spüren.

Es war das aufregendste Erlebnis meines Lebens. Ich konnte kaum glauben, daß es wirklich passierte, daß ich hier ganz nackt dastand, den bewundernden und schokkierenden Blicken dreier junger Männer ausgesetzt. Zum erstenmal wurde mir klar, daß ich eine begeisterte Exhibitionistin bin, die sich gerne nackt betrachten läßt.

»Ihr könnt euch meine Muschi betrachten«, sagte ich zu Bud, »aber ihr müßt euch auch ausziehen, wie ihr verspracht.«

Das taten sie dann, wenn auch Tom Sloane plötzlich schamhaft wurde, als es an seine Unterhosen ging. Es gab ein kurzes Gerangel, als Bud und Hank ihn überwältigten und ganz auszogen. Meine Augen fielen beim Anblick der drei Steifen bald aus den Höhlen. Ich setzte mich auf den Rand der Koje, stellte die Füße auf eine Kiste und spreizte die Beine weit. Bud war der kühnste. Er streckte eine sommersprossige Hand aus und streichelte das spärliche Haar auf meinem Venushügel. Es war traumhaft, so dazuliegen, ihren heißen Atem an meinen Beinen zu spüren und die wunderbar stimulierende Liebkosung von Buds schüchterner Hand.

Bud stieg mit mir in die Koje. Glücklicherweise war sein Apparat nicht besonders groß und tröpfelte schon so sehr, daß er gut geschmiert war. Eine Zeitlang fummelte er mit ihm herum, bis er mit der Spitze in mich hineinkam. Ich spürte, wie er das straffe, dünne Häutchen zer-

120

riß, es tat ein bißchen weh, aber nicht viel im Vergleich zu dem tollen Gefühl, so mit ihm dazuliegen, seinen muskulösen Körper an meinem zu spüren, zu wissen, daß die beiden anderen zusahen.

Sein langsames und vorsichtiges Eindringen ließ mich ungeduldig werden. Ich schlang die Arme um ihn, zog ihn zu mir herunter, hob meine Hüften. Ein kurzer, zukkender Schmerz, und dann war er ganz in mir, schwer spürte ich sein Gewicht, schwer preßte sein Körper meine Brüste.

»Wie ist's?« fragte Hank neugierig und beugte sich über uns.

»Toll!« grunzte Bud, als er versuchsweise begann, sich hin und her zu bewegen. Oh, was war das für ein herrliches Gefühl! Meine Leidenschaft war heftig; ich war noch zu unerfahren, um sie richtig anzuwenden, trotzdem aber genoß ich jeden Augenblick. Schon der Gedanke, daß ich erkannte, welch ein herrliches Gefühl das war ... Die rhythmische Bewegung dieses Mannes in mir war beruhigend und aufregend zugleich, so wie das Gefühl eines kräftigen glatten männlichen Körpers an meinem.

Viel zu rasch kam es ihm, er stieß kleine Schreie und Grunzen aus, als er seine kleine Ladung in meinen Körper schoß. Dann lag er still auf mir, bebte und zitterte, war ganz überwältigt.

»Los, geh von ihr runter, jetzt bin ich dran«, drängte Hank und zerrte an seiner Schulter. Zögernd erhob sich Bud.

Rasch nahm Hank seinen Platz ein. Er war um einiges größer, und er war einfallsreicher als der Erhabene Große Biber. Wahrscheinlich hatte er sich die Liebesszenen im Kino sehr genau betrachtet. Nicht daß er ein Experte gewesen wäre, aber er küßte immerhin mich und meine Brüste, ehe er eindrang. Es gefiel mir, wie ich so gedehnt wurde, wie er seine Lippen auf meine heftete, während er es sogar fertigbrachte, zwischen uns zu langen und meine Brüste zu streicheln. Bei Hank war ich noch erregter als bei Bud, bekam aber noch keinen Orgasmus. Tom war lieb, aber eine Enttäuschung. Sein kleiner Tom war *sehr* klein, und er konnte es kaum länger als ein Kaninchen. Aber Bud saß auf einer Apfelkiste und spielte an sich herum; er war schon wieder bereit. »Komm her«, drängte ich. Diesmal brauchte er viel länger, er ahmte Hanks Technik nach, streichelte und küßte mich. Und mir gefiel die Sache mit jedem Mal mehr . . .

Meine Mutter war zwar Analphabetin, aber nicht dumm. Eines Tages betrachtete sie mich schlau und sagte: »Ich glaub schon, du läßt dich vögeln, Kleine.« Ich errötete und senkte den Kopf. »Is' ja schon gut«, ermutigte sie mich sanft. »Ich hab's schon gemacht, da war ich noch kleiner, früher in Oklahoma. Hol dir, was du kriegen kannst, solange du noch jung bist. Sonst gibt's ja nicht viel Spaß für 'ne Frau außer Arbeit, Sorgen und Kopfweh. Aber sag mir bloß, wenn du in die Umstände kommst. Ich hab' da so'n Rezept für Wurzeltee, da kriegst du immer noch mal die Kurve.«

Ich nickte dankbar. Ihr Wurzeltee muß sehr wirksam gewesen sein, denn mir blieb oft die Periode aus, aber der Tee brachte mich immer wieder hin. Ja, da hatten wir ein Vermögen in den Händen und merkten es nicht.

Meine erste Erfahrung mit einem älteren Mann hatte ich, kurz bevor ich anfing mit Mark zu gehen. Bill Henley war ein Junggeselle, der in Poker Flat in einer alten Hütte wohnte. Wir waren gute Freunde, und ich traf ihn oft zu einer Partie Backgammon und einem Bier. Anfangs liefen unsere Treffen platonisch ab, doch mit jedem Mal wurde ich schärfer auf den alten, einsamen Mann.

Eines Abends konnte er nicht mehr an sich halten. Er schob einfach frech meinen Rock hoch und zog mein Höschen aus. Ich war überwältigt ob so viel Kühnheit.

»Du warst so lieb zu mir«, sagte er, »jetzt werde ich dir was Liebes machen.«

Neugierig sah ich zu, wie er meine Schenkel küßte, dann meine Beine spreizte, um sein bärtiges Gesicht zwischen sie zu legen. Als seine Zunge plötzlich in mich glitt, wurde ich fast ohnmächtig über der köstlichen Lust, die sie mir bereitete, und als er an meinen Schamlippen leckte und saugte, begannen meine Hüften zu tanzen, als er sich aber dann meiner Klitoris widmete, sie in seinen Mund zog und mit der Zunge kitzelte, hatte ich binnen weniger Augenblick meinen ersten Orgasmus. Es war das Herrlichste, was ich bisher erfahren hatte, ich wurde wild vor Entzücken, als Wellen der Leidenschaft durch meinen Körper tobten, und verlor fast das Bewußtsin, als sich die unerträglich gewordene Spannung in einem herrlichen Höhepunkt löste.

Für einen alten Einsiedler war Bill ein unwahrscheinlich guter Liebhaber, der genau wußte, was er mit seinem dicken Ding anstellen mußte, um seiner Partnerin und sich selbst ein Maximum an Lust zu bereiten. Im Nu hatte ich noch einen Orgasmus, sogar noch stärker als der erste, und er kam zusammen mit mir, sein Samen füllte mich, quoll hervor und überzog unsere Körper mit einer glitschigen Schicht.

Wir blieben den ganzen Nachmittag an dieser Stelle,

küßten und schmusten, spielten miteinander. Bill kam viermal, und ich habe vergessen, wie viele Orgasmen er mit der Zunge machte. Als er schüchtern vorschlug, ich sollte seinen Spaßmacher küssen, zögerte ich überhaupt nicht, und ehe ich lange überlegen konnte, war er schon in meinem Mund, und ich saugte glücklich an ihm. So wie ihn, erregte es mich ungeheuer, als der Samen in meinem Mund zu strömen begann.

»Ich hab' heut' nacht keine Schicht«, sagte Bill. »Kommst du in meine Hütte, wenn es dunkel ist?«

»Aber klar, Bill, Liebster. Darf ich dann wieder an ihm lutschen?«

Wenige Monate später ging ich eines Abends von der Stadt nach Hause und fand Brad Golightly an der Straße. Er war, wie gewöhnlich, total betrunken. Ich hatte Angst, ihn dort liegenzulassen, denn es war Herbst und die Nächte wurden schon kalt, wandte mich aber nicht an jemanden aus der Stadt um Hilfe. Die hatten zwar nichts dagegen, ihm Schnaps zu verkaufen, ansonsten aber sahen sie auf ihn herab. Ich kniete mich neben ihm nieder, sprach zu ihm, bis meine Stimme endlich den Alkoholdunst durchdrang, der seinen Kopf umnebelte, dann brachte ich ihn auf die Beine. Halb trug, halb führte ich ihn nach Hause und brachte ihn ins Bett.

»Du bist wirklich ein barmherziger Engel«, seufzte er, sprach seine sonderbar poetische Sprache, »wenn du mich doch nicht verließest, schönes Kind. ›Schlafen... vielleicht auch träumen... Deine zarte Hand in meiner, die schönen Quellen deiner Brüste, ein Kissen für mein müdes Haupt.«

Ich nahm seine Rede wörtlich. Wie sollte ich auch wissen, daß er Shakespeare zitierte? Ich zog ihn aus, dann mich selbst, ging zu ihm ins Bett, und, tatsächlich, er schlief mit seinem Kopf auf meinen Brüsten ein.

Brad war nicht aus unserer Stadt, und der Himmel mag wissen, warum er sich diesen Ort als Ruhesitz auserkoren hatte. Er war ein sehr erfolgreicher Komponist populärer und »halbklassischer« Musik gewesen und versuchte noch immer zu schreiben, obwohl seine Anstrengungen mehr bemitleidenswert als verkäuflich waren. Er war Ende Vierzig, groß und auf eine Art hübsch, wie eine efeubedeckte Ruine hübsch ist. Und das war er auch, eine Ruine. Der Alkohol hatte ihn zu einem Wrack gemacht, einem Schatten dessen, was er einmal gewesen war.

Er war ziemlich überrascht, als er am Morgen aufwachte und ein nacktes Mädchen neben sich im Bett fand. Ich erklärte ihm, wie es dazu gekommen war, und er war unsäglich dankbar. Er küßte mich sanft, zeigte aber zu meiner Enttäuschung keine Neigung, mit mir zu schlafen.

»Es tut mir leid, mein Liebes«, sagte er, »aber schon vor langer Zeit habe ich meine Männlichkeit für das Glas hingegeben. Oh, welch übler Handel! Zwar ist das Begehren vorhanden, jedoch, ›der Geist ist willig, doch das Fleisch ist schwach‹.« Ich berührte besagtes Fleisch. »Wenn ich vielleicht . . .«

»Gott segne dich, mein Kind, es ist nutzlos.«

»Darf ich manchmal hierherkommen? Wir könnten Freunde werden.«

Zu meiner Überraschung waren Tränen in seinen Augen, als er seinen Kopf auf meinen Bauch legte und meine Hüften umschlang. »Oh, würdest du das tun! Laß mich deine Jugend und Schönheit erfreuen, und ich werde dein Lob singen, wenn ich ins Grab sinke!«

An diesem Abend ging ich wieder nach seinem Haus,

fürchtete, er würde wieder betrunken in der Stadt sein. Zu meiner Überraschung war er zu Hause, gewaschen und rasiert, seine Hütte war ganz sauber, er selbst völlig nüchtern. Wir saßen vor seinem Kamin, hielten einander an den Händen, küßten uns und sahen zu, wie die harzigen Scheite knisterten und Funken in den Kamin stieben ließen. Ich weiß nicht, ob ich beschreiben kann, was es für mich bedeutete, bei Brad zu sein, aber es war auf jeden Fall schöner als Sex. Da war eine Wärme und Zuneigung, die ich noch nie gekannt hatte, ich erkannte, daß ich ihn echt und tief liebte.

Er rezitierte Gedichte, erzählte mir von Philosophie, Geschichte und Religion. Wir lasen einander laut aus Homer, Plato, H.G. Wells und Somerset Maugham vor.

Als er meinte, es sei Zeit, daß ich ginge, bat ich ihn, mich wieder bei ihm schlafen zu lassen. Wir küßten und streichelten uns, und obwohl das alles war, was wir tun konnten, war ich glücklich, in seinen Armen sein zu können, geliebt und beschützt. Es war meine Idee, zu ihm zu ziehen. Nicht daß er mich nicht gewollt hätte, aber er war wegen meines Rufs besorgt. Ich sagte ihm, daß mein Ruf in der Stadt ohnehin nicht besonders gut sei, und daß es mir ganz egal sei, welch kümmerlicher Rest von ihm übrig blieb. Schließlich gab er nach, aber nur unter der Bedingung, daß ich mir anderswo einen Ausgleich suchte, wenn er mich sexuell nicht befriedigen konnte. Ich stimmte zu, aber wenn Brad nicht darauf bestanden hätte, wäre ich nur mit seinen Küssen und seiner Gesellschaft zufrieden gewesen.

Als er mich im Haus hatte, hielt Brad es manchmal wochenlang ohne Alkohol aus. Dann wurde die Lockung des Wirtshauses wieder einmal größer als mein Einfluß, so daß er tagelang völlig betrunken war. Ich sorgte für ihn, und er schwor, keinen Tropfen mehr zu trinken... bis zum nächsten Mal. So war unser Lebensrhythmus. Betrunken oder nüchtern, was auch geschah, er war immer freundlich und gut. Nie hat ein sanfterer und lieberer Mann gelebt...

Als einige der schnüffelnden alten Tanten in der Stadt anfingen, sich über mein sündhaftes Leben aufzuregen, werden sie sich sicher gewundert haben, daß ihre Bemühungen, mich aus der Stadt zu bekommen, beim Bürgermeister, dem Polizeichef und dem Pfarrer so wenig Unterstützung fanden. Ich hätte ihnen sagen können, warum das so war. Ich hatte die Angelegenheit mit jedem einzelnen der Herren eingehend besprochen... im Bett.

Ich nehme an, Brad hatte schon seit langem Krebs, ohne es zu wissen, und ich konnte ihn natürlich nicht im Stich lassen. Ich ließ auch nicht zu, daß man ihn in ein Krankenhaus brachte. Doc Everest, Buds Vater, unterstützte mich hierin. »Ein Mann hat das Recht, in seinem eigenen Bett zu sterben«, brummte er. »Er hat die beste und hübscheste Pflegeschwester in ganz Oregon, und ich werde ihn unter Drogen halten, daß er nicht leiden muß. Im Krankenhaus können sie auch nicht mehr tun.«

Mama war vor einem Jahr gestorben, so konnte uns, als auch das Gummiwerk geschlossen wurde, nichts mehr in dieser Stadt halten. Marks Eltern waren mir gegenüber von grimmiger Höflichkeit, so hatten wir nicht das Gefühl, daß auf unsere Anwesenheit großer Wert gelegt wurde. Als ihm die Stelle in Kalifornien angeboten wurde, waren wir froh, wegzukommen.

Einmal sind wir zurückgekommen; Mark, um seine Eltern zu besuchen, und ich, um nach den Gräbern der beiden Menschen zu sehen, die ich am meisten geliebt hatte. Vom Friedhof aus ging ich hinunter zum Mühlbach, wo das Clubhaus gestanden hatte, und wo ich Erhabene Hohe Biber-Königin gewesen war. Ein Mann, der gerade vorbeifuhr, sah mich stehen und hielt seinen Wagen an. Als er über das Feld zu mir kam, sah ich, daß er ein komisches sommersprossiges Gesicht und lustige blaue Augen hatte. Schweigend standen wir eine Weile beieinander, dann nahm Bud meine Hand und führte mich in ein Dickicht, wo wir uns sanft und zärtlich liebten, in Erinnerung an die alten Zeiten.

Ich bin jetzt an das Leben in der Stadt gewöhnt, manchmal aber, in der Nacht, ertappe ich mich dabei, wie ich durch das Knistern des Kamins die sanfte Stimme von Brad Golightly höre:

»Ich sah des Sommers letzte Rose steh'n,
Sie war, als ob sie glühen wollte, rot,
Da sprach ich lächelnd im Vorübergeh'n:
Zu weit im Leben ist zu nah am Tod.«

BETTY HUNT

## 11   Max van Haagen

Ich bin Europäer, in Holland aufgewachsen, eine meiner Tanten war aber mit einem Schweden verheiratet. So wurde ich, als ich sechzehn war, von meinem Vater zu meinem Onkel und meiner Tante nach Stockholm verfrachtet, wo ich auf eine der feinen Schulen ging. Ich ertrug die üblichen Hänseleien meiner Schulkameraden, die zum Beispiel ganz überrascht zu sein schienen, daß ich nicht in Holzschuhen zur Schule kam, und litt unter dem Spitznamen »Käskopp«, bis sie, als sie sahen, daß ich ihre Neckereien gutmütig aufnahm, der Sache müde wurden und mich akzeptierten.

Mit sechzehn war ich noch sehr keusch und wahrscheinlich auch ein wenig muffig, wie es dem Sohn eines steifen holländischen Bürgers ansteht. Die schwedischen Mädchen, diese erregenden, verwirrenden Geschöpfe, die man *flicka* nennt, quälten mich viel mehr als die männlichen Mitschüler. Eine *flicka* ist ein nach amerikanischen oder holländischen Maßstäben schockierend kühnes Mädchen. Das muß sie auch sein, wenn sie die Aufmerksamkeit eines schwedischen Jungen wecken will, der im Großen und Ganzen in seiner Jugend ziemlich verschlafen und dumpf, im reiferen Alter oft ein Trunkenbold ist. Ein Schwede sitzt lieber mit seinen Freunden im Café und unterhält sich lang und breit über Sex, als daß er sich aufrafft und auf diesem Gebiet selbst einmal etwas versucht.

Da war ich also mit meiner großäugigen Unschuld plötzlich in einem Land, das von reizvollen und räuberischen Weiblein nur so wimmelte. Mir wird ganz schlecht, wenn ich daran denke, wie viele Gelegenheiten ich in meinem ersten Winter in Schweden sausen ließ, weil in meinen dicken, holländischen Kopf einfach nicht hineingehen wollte, daß die ganzen Herzchen, die mir offene Anträge machten, dies in der ernsten Absicht, mich zu verführen, taten. Ich war ganz sicher, daß sie mich nur reizen wollten. Ein anständiges Mädchen benahm sich einfach nicht so.

Der Sommer in Skandinavien ist eine kurze und sehr intensive Angelegenheit, und die Schweden genießen ihn mit einer grimmigen Entschlossenheit, die ehrfurchtgebietend ist. Kirsten Mattsson lud mich ein, als ihr Begleiter eine Fahrt auf einem Ausflugsboot zu machen. Mein Onkel und meine Tante schienen nichts dabei zu finden, mich so ganz unbewacht mit meinen Mitschülern ziehen zu lassen, so packte ich mit ihrem Segen meinen Rucksack und trieb in das erste richtige Abenteuer meines Lebens.

Kirsten war achtzehn. Sie war fast so groß wie ich, ihr gertenschlanker Körper eine Symphonie von Grazie, die sich bei jeder Bewegung neu zeigte. Sie hatte, was in Schweden nicht selten ist, blondes Haar und braune Augen, und sie war das spitzeste Stückchen, dem ich je

130

begegnet bin. Den ganzen Winter lang hatte sie mich mit ihrer Sinnlichkeit geplagt, ihre braunen Augen hatten sich offen über meine Hemmungen und mein unablässiges Erstaunen über ih schockierend kühnes Verhalten amüsiert. Selbstverständlich sehnte ich mich schon seit langem danach, sie zu besitzen, hatte aber immer standhaft der Versuchung widerstanden, trotz der vielen Zeichen der Zuneigung, die sie mir gegeben hatte.

Wir waren sechs, drei Paare, die bei Tagesanbruch an Bord gingen. Der Fahrpreis von 470 Kronen schloß die Mahlzeiten ein, und wir kamen gerade recht zum Frühstück. Hand in Hand erforschten Kirsten und ich das Schiff vom Bug bis zum Heck. Und unter den Rettungsbooten küßten wir uns zum erstenmal. Um ganz ehrlich zu sein, sie war es, die mich küßte, und der Kuß war alarmierend intim. Sie schlang ihre schlanken Arme um meinen Hals und drängte ihren biegsamen Körper fest an mich. Ihre Lippen waren wie kühler Samt, der nach Wein schmeckte, ihre Zunge wie warmer nasser Honig. Sehr deutlich spürte ich ihre kleinen, festen Brüste, die sich an mich drängten, und meine Erektion, die durch ihren dünnen Rock zwischen ihre Beine drückte. Auch ihr schien das nicht entgangen zu sein, denn sie ließ provozierend die Hüften kreisen.

»Wenn uns einer sieht, Kirsten.«

»Sei doch nicht so ein Schisser. Jetzt ist Sommer, und wir sind in Ferien. Wen soll das denn kümmern? Wart nur bis heute nacht. Dann werde ich dir schon ein paar Sachen zeigen.«

Erst in diesem Augenblick begann ich mich zu fragen, wie wir wohl schlafen sollten. Als dann das Zwielicht über die Kornfelder längs der Wasserstraße fiel, führte

Kirsten mich in die Kabine, die unsere sein sollte, und erst dann ging mir die herrlich aufregende Wahrheit auf. Es war eine kleine Kabine mit einem Doppelbett! Ganz selbstverständlich zog sie sich aus und half mir, meine Kleider abzulegen.

»Ich weiß, daß du noch kein Mädchen gehabt hast«, sagte sie zu mir, »mach dir aber nur keine Sorgen, überlaß das nur mir. Wenn du heute nacht keinen besseren Unterricht bekommst als in der Schule, ist das nicht meine Schuld. Ich mache das schon länger.« Sie zog mich neben sich auf das Bett, und wir küßten uns wieder. Man mußte mir nicht erst beibringen, daß ich eine leicht zitternde Hand auf den weichen Pfirsich mit der rosa Warze legen mußte, der ihre Brust war. Mein Ding hatte sie zwischen ihren seidigen Schenkeln eingezwängt und wand sich an mir, ihre langen, köstlich geschwungenen Beine rieben sich an meinen.

»Du hast da einen ganz schönen Apparat«, sagte sie und deutete auf meinen pochenden Schwanz. »Eine Schande, daß du ihn so lange für dich behalten hast. Komm jetzt, roll auf mich, damit wir anfangen können. Ich bin so geil, daß ich bald umkomme.«

Als ich sie bestieg, nahm sie meinen Schwanz und führte ihn in die feuchte, pulsierende Wärme. »Ah!« seufzte sie, »so ist's besser. Schieb ihn jetzt rein. Schieb ihn dahin, wo die kleinen Kinder gemacht werden.«

Ich schob. Ich war erstaunt, als ich feststellte, daß ihre heiße Höhle so viel köstlicher und abwechslungsreicher war als meine Hand.

»Ja, das ist's, Liebling!« rief sie. »Roll deine Hüften, schieb ihn ein bißchen hin und her, drücke dabei aber immer gegen mich. Siehst du, es ist wie ein Tanz im Liegen.

Mein Gott, bin ich geil! Halt es jetzt zurück. Denk an Mathematik oder Geometrie ... was du willst. Stell dir vor, du nimmst deine alte häßliche Physiklehrerin. Dann dauert es länger. Jetzt! Jetzt kannst du loslegen. Denk jetzt an mich. Es geht los bei mir. Schatz. Oh, verdammt noch mal, jetzt kommt's mir!« Das letzte Wort war mehr ein Schrei des Entzückens, sie fing an zu toben, wand ihre Hüften wie wild.

Durch ihre wilden Bewegungen wurde auch mein eigener Orgasmus ausgelöst, und ich verwandelte mich von einem jungen Mann in ein Bündel aus übererregten Nerven, spürte nichts mehr von meiner Existenz als namenlose wilde Leidenschaft. Die Spannung wurde unerträglich, ich zerbrach; zerbrach in eine Million kleiner Partikel, die in ihren Körper strömten. Als es mich nicht mehr gab, als das letzte zitternde winzige kleine Atom durch mich in ihre zuckende Pussy geschossen war, kam ich langsam und zögernd wieder zu mir. Aber nicht ganz. Ich glaube, daß wir mit unserem Samen ein kleines Stück von uns selbst jeder Frau geben, die wir lieben, und, durch irgendeine zauberhafte Alchimie, verlieren dabei nichts, sondern werden reicher, gottähnlicher und ein kleines bißchen weniger sterblich.

»War das nicht schön?« fragte sie und küßte mich.

»Es war *wunderschön*!« murmelte ich hingerissen. »Kirsten, ich liebe dich.«

Ihre Antwort war etwas verwirrend. »Aber selbstverständlich, Liebster. Ich liebe dich auch. Ich liebe den Mann, der's mit mir macht, immer. Das ist das beste daran, und du mußt lernen, alle Mädchen zu lieben, mit denen du schläfst. Es verdirbt die Sache für euch beide ein wenig, wenn du das nicht tust.«

Ich verstand sie nicht ganz, machte mir aber keine Sorgen darum. Es war schön genug, hier zu sein, auf ihr zu ruhen, ihr hübsches Gesicht so nahe an meinem zu haben, ihren schönen Körper hin und wieder im Abebben der Leidenschaft zucken zu spüren.

»Jetzt müssen wir uns waschen«, verkündete sie. Nacheinander machten wir uns am Waschbecken sauber und trockneten uns gegenseitig mit dem rauhen Handtuch ab, bis unsere Haut rosa wurde.

Dann gingen wir wieder ins Bett zurück und fummelten. Sehr geschickt zog sie ihre Fingerspitzen leicht über meinen Körper; es schien, als zöge sie die Erschöpfung heraus, und belebte mich wieder. Von Kopf bis Fuß bearbeitete sie mich so, ließ ihre Reise zwischen meinen Beinen enden. Sie ließ mich die Beine spreizen und erzählte, als sie gewandt meine Männlichkeit befingerte.

Dann wandte sie ihre Aufmerksamkeit meinem Beutel zu und ließ ihre Zunge an seiner Unterseite tanzen. Ein letztes Mal leckte sie spielerisch an der schon tröpfelnden Spitze, dann setzte sie sich lachend auf. »Nein, ich werde nicht tun, was du denkst. Das überlasse ich einer anderen, so wie ich es versprochen habe.«

Viele Dinge, die sie so sagte, so ihr Hinweis auf jemanden, der an meiner Ausbildung einen Anteil haben sollte, blieben mir rätselhaft, aber sie hielt mich in einem solchen Nebel von Sinnlichkeit, daß ich meinen Geist nicht länger damit beschäftigen konnte.

»Nein, nein! Er frißt sie nicht auf, Max. Er leckt sie nur, weil ihn das erregt, und außerdem kann er sie schließlich nicht anfassen, oder? Ich schlürfte den ganzen Tag lang den Nektar der Lust.«

Der Dampfer nach Göteborg mußte auf seiner langen,

gewundenen Fahrt zur Küste fünfundsechzig Schleusen passieren. Bei jeder hatten wir Zeit, von Bord zu gehen und in den Wiesen wie junge Lämmer zu spielen. Wir aßen wie die Wilden und ließen uns in der Sonne rösten.

Einen ganzen sorglosen Tag lang träumte ich von der kommenden Nacht, in der ich auf dem Zauberteppich von Kirstens Körper wieder eine Reise zu der Trauminsel euphorischen Vergessens machen würde. Ich konnte den Sonnenuntergang kaum erwarten, und als er kam, flüsterte ich ihr ins Ohr, daß es Schlafenszeit sei.

»Geh nur vor«, sagte sie. »Ich habe auf dem Bett eine Überraschung für dich.«

»Ein Geschenk? Wie nett von dir, aber willst du nicht lieber dabei sein, wenn ich es aufmache?«

»Nein. Das ist ein ganz besonderes Geschenk. Es ist besser, ich bin nicht dabei, wenn du es aufmachst.«

Grübelnd ging ich zur Kabine und öffnete die Tür. Zuerst konnte ich gar nichts sehen, aber während ich wartete, daß meine Augen sich an das Halbdunkel gewöhnten, hörte ich ein mädchenhaftes Kichern. Auf dem Bett lag Ulla, ein kräftig gebautes Mädchen. Sie war die Freundin eines meiner Reisekameraden. Sie war nackt und hatte ihren üppigen Körper verführerisch auf dem Bett arrangiert.

»Wieso bist du hier?« fragte ich dumm.

Sie kicherte wieder. »Kirsten und ich haben einen Tausch gemacht. Ich wollte mit dir schlafen, und sie war bereit, mit meinem Freund zu schlafen, so haben wir einfach getauscht. Du hast doch nichts dagegen, oder?«

»Ich weiß nicht«, murmelte ich. Das ging mir alles ein bißchen zu schnell.

»Na ja, während du dich entscheidest, kannst du ja zu

mir herüberkommen und mich küssen. Wenn du mich dann noch immer nicht magst, gehe ich wieder.«

Ich setzte mich zu ihr aufs Bett und küßte sie. Sie hatte enorme Brüste, wie parfümierte Schaumgummikissen mit Satinbezug. »Ich weiß, daß ich dick und nicht besonders hübsch bin«, sagte sie, »aber ich bin sehr lieb. Wenn du mich heute bei dir bleiben läßt, kannst du Kirsten morgen wieder haben.«

»Kirsten?« murmelte ich und versuchte, mit einem Mundvoll Brust fertigzuwerden. Dabei schälte ich mich aus meinen Kleidern, »kenne ich jemanden, der Kirsten heißt?«

Sie lachte glücklich und umschlang mich mit ihren lieben weichen Armen. »Kirsten hat mir erzählt, daß du an ihrer Muschi geleckt hast. War das schön, Max?«

»Hmhm«, murmelte ich und verbarg meinen roten Kopf zwischen ihren Brüsten.

»Gut. Dann zieh dich fertig aus, und wir spielen ein anderes Spiel. Ich werde schon hungrig, wenn ich deinen Apparat sehe.«

Rasch zog ich mich aus und legte mich flach auf den Rücken. Sie kam über mich, hatte die Knie zu beiden Seiten meines Kopfes, die Hände neben meinen Hüften. »Ich bin wie ein Radio, du kannst mich anstellen, wenn du auf den richtigen Knopf drückst. Jetzt saug ihn in deinen Mund und spiele mit der Zunge dran herum.«

Ihre Pussy war nicht so klein und zierlich wie die von Kirsten. Sie war so groß, das sie fast den ganzen Raum zwischen ihren Beinen einnahm. Die Schamlippen waren üppig mit feinem schwarzen Haar bewachsen, zwischen ihnen konnte ich ihre Öffnung sehen. Als ich so ganz fasziniert nach oben starrte, sickerte ein Tropfen aus ihrem

136

Tunnel und fiel auf meine Unterlippe. Ich leckte ihn ab und fand, daß er wie schweres orientalisches Räucherwerk schmeckte. Sie senkte sich, bis mein halbes Gesicht bedeckt war, sogar meine Nase war in dem weichen, korallenfarbigen Fleisch vergraben. Ich fing an, wie wild zu lecken, während sie sich über mir wand und mein Gesicht wusch. Ich fand ihre Klitoris, zog sie und das sie umgebende Fleisch in meinen Mund, zog sie mit der Zunge hin und her.

Ich spürte, wie Ullas Lippen sich um meinen Schwanz schlossen und hob die Hüften, wollte mehr haben von der Hitze ihres Mundes und der Saugkraft, die sie anwandte.

Es kam ihr sehr schnell. In den Büchern steht, daß Frauen beim Orgasmus keine Ejakulation haben. Es mag Ausnahmen von dieser Regel geben . . . oder die Bücher stimmen nicht. Ulla jedenfalls überflutete mich so, daß ich rasch schlucken mußte, um nicht von ihren Säften erstickt zu werden. Nicht, daß ich etwas dagegen gehabt hätte. Ich war nur traurig über jeden Tropfen ihres Nektars, der mir entging. Sie kam noch zweimal, ehe ihre saugenden Lippen mich spritzen ließen wie ein Geysir, und selbst dann wollte ich sie nicht loslassen. Ich klammerte mich an ihren dicken, kleinen Hintern, hielt sie fest, während ich ihr zum vierten und fünften Mal einen ablutschte.

»Herrje! Das muß dir aber wirklich gefallen«, rief sie aus, als sie mein glückliches Gesicht küßte. »Na, mir ist das recht. Du darfst die ganze Nacht lecken, wenn du willst. Ich habe das so gern.«

»Und ich liebe dich«, sagte ich. »Willst du mich heiraten?«

»Ich wollte, ich könnte das«, antwortete sie unglücklich. »Aber meine Eltern haben mir schon einen Jungen ausgesucht. Er studiert Medizin. Aber ich will das mit dir machen, so oft du willst. Ihm ist das egal. Er ist in Kirsten verliebt, aber seine Eltern zwingen ihn, mich zu heiraten.«

Ich ertränkte meinen Kummer zwischen ihren Beinen, nahm sie beim Wort und verbrachte dort die Nacht.

Am folgenden Abend kamen wir in Göteborg an, stopften uns mit eingemachtem Lachs und Bier voll und verbrachten dann ein paar Stunden im Vergnügungspark beim Tanz.

Ich hatte mich schon auf eine weitere Nacht mit Ulla gefreut, aber sie sagte mir traurig, daß die anderen Mädchen einen weiteren Partnerwechsel ausgemacht hatten und daß sie mitmachen müßte. Ich war nicht ganz sicher, was sie für mich ausgesucht hatten, bis ich mit Mervi Kallas tanzte, dem dritten Mädchen in unserer Gesellschaft. Sie war die älteste, einundzwanzig Jahre, eine Finnin, die hier zur Schule ging. Sie war dunkel und zierlich, sah mehr wie eine spanische Tänzerin aus als wie ein skandinavisches Mädchen, und sie wurde allgemein als die Hübscheste unter den drei Mädchen bezeichnet, obwohl die ziemlich simple, dicke Ulla das Mädchen meiner Wahl gewesen wäre.

»Du wirst heute nacht mit mir schlafen«, verkündete sie, als wir tanzten. »Du bist groß und stark, und Kirsten hat mir versichert, daß du ein großes Ding hast.«

Es erregte mich, mit ihr zu tanzen, ich konnte es kaum erwarten, mit ihr ins Hotel zu gehen. Wir waren kaum drinnen, als sie schon in meine Arme flog, ihr dünner, kräftiger Körper vibrierte wie eine Saite. »Nimm mich!«

verlangte sie. »Sei zärtlich zu mir, oder ich bin enttäuscht. Hier«, sagte sie und zog ihre Bluse an der Seite herunter, zeigte eine feste braune Brust mit einer schokoladenfarbenen Warze, »küß mich«!

Es war die leidenschaftlichste Nacht meines Lebens. Wir trieben es sechs Stunden lang – ununterbrochen. Ihr schlanker Körper gab mir alles, wonach es einen jungen Mann gelüstete.

Eine Nacht mit ihr war mehr als genug für mich. Auf der Rückfahrt brachte ich es fertig, beide Nächte mit Ulla zu verbringen.

Ich suchte und fand in Stockholm eine Wohnung, und Ulla zog zu mir, Kirsten auch. Ullas Verlobter bezahlte die Hälfte der Miete, so konnte er kommen und mit Kirsten schlafen. Wenn er nicht da war, hatte ich zwei Mädchen für mich, was natürlich wundervoll war, andererseits wollte ich aber nur mit Ulla allein sein. Es war ein bittersüßes Verhältnis, das auch noch nach Ullas Hochzeit mit ihrem jungen Arzt weiterging. Obwohl sie eine eigene Wohnung hatten, verbrachten sie fast jede Nacht mit Kirsten und mir, so daß sie mit Ullas Mann schlafen konnte und ich mit Ulla.

Das ging Jahre so, aber ich hatte nicht das Gefühl, ein Heim und eine Frau zu haben und wußte, daß ich niemals glücklich werden würde, wenn ich nicht von Ulla wegkäme. Die Entscheidung, nach Amerika zu gehen, wurde hauptsächlich von meiner Unzufriedenheit mit unserer sinnlosen Affäre, die zu nichts führen konnte, ausgelöst.

Zuerst fand ich die Vereinigten Staaten recht enttäuschend. Es gab viele Arbeitsmöglichkeiten und viele hübsche Mädchen, aber die Frauen dieses Landes kamen mir verklemmt und versponnen vor. Sie sahen schon sexy aus und redeten auch so, waren dann aber ganz anders als die unbeschwerten und hemmungslosen nordischen Nymphen, die ich in Europa gekannt hatte.

Aus diesem Grund fing ich, nachdem ich eine Zeit in diesem Land gewesen war, an, in Hurenhäuser zu gehen und Callgirls auszuhalten. Ich fand, daß die Huren die einzig ehrlichen und ordentlichen Frauen in diesem Irrenhaus waren. Und Honey war die beste von allen.

Kurz nachdem ich Leiter der Produktionsabteilung bei der Weltraumbehörde geworden war, schickte man mich zu einem Kongreß in San Francisco. Weil ich niemanden in der Stadt kannte, schob ich dem Pagen einen Zehner zu, und er gab mir eine Telefonnummer. Das ist ein ordentliches System, typisch amerikanisch ... man wirft Geld in eine Maschine, und alles mögliche kommt heraus, vom Schinkenbrötchen bis zur Gepäckversicherung. Und eine Stunde später klopfte der Himmel an meine Tür.

Lassen Sie mich Honey beschreiben. Zunächst, sie ist kein kleines Mädchen. Sie ist eine große Blondine mit einem Körper wie eine Walküre und dem Gesicht eines ein wenig gefallenen Engels. Ihre Augen haben den gleichen eigenartig veilchenblauen Schimmer wie die von Liz Taylor, und Honey ist so gut gebaut, daß man sagen könnte, sie sei zu dick, wenn sie nur ein Pfund zunehmen würde, verlöre sie ein Pfund, könnte man meinen, es mangelte ihr an Kalorien.

Das sind die oberflächlichen Einzelheiten, aber, trotz der unglaublichen Schönheit ihrer herrlichen Brüste, üppigen Schenkel und Beine, ist es ihr Charakter, der bewirkt, daß alle Männer sich in sie verlieben. Und die, bei denen das nicht so ist, sind entweder nicht ganz in Ordnung oder sowieso hoffnungslose Fälle. Honey ist keine Intellektuelle. Sie ist kaum klug genug, um zu wissen, ob Mesopotamien nun in Kanada oder in der Bronx liegt. Aber das ist ja ganz unwichtig. Die Sache an Honey ist, daß sie einfach unglaublich *lieb* ist. Sie ist eine fröhliche, glückliche, zutrauliche, sentimentale und warmherzige Frau, und der erste Mensch, dem ich in Amerika begegnet bin, der noch nicht einmal die Adresse eines Psychiaters wußte ... wenn er nicht gerade Kunde bei ihr war.

Ich brauchte dreißig Sekunden, um mich in Honey zu verlieben. Als sie zehn Minuten in meinem Zimmer war, wäre ich schon gerne für sie gestorben und wollte wissen, was ich tun könnte, um ihr etwas Liebe zu geben.

Ganz zart zog ich sie aus, und ganz zart liebte ich sie. Ich wäre vor ihr auf den Boden gefallen und hätte sie angebetet, hätte sie mir nicht statt dessen erlaubt, ihre große, schöne Muschi zu küssen. Ich nahm meinen Kopf nur zwischen ihren weichen, köstlichen Schenkeln heraus, um ihr einen Antrag zu machen. Ganz sanft und lieb lehnte sie ab. Sie erklärte mir, daß Huren zur Unterhaltung der Herren da seien, nicht um sie zu heiraten, und es fiele ihr nicht im Traum ein, einem so netten Herrn wie mir so etwas anzutun. Wie man sieht, war selbst Honey, zweifellos die normalste Frau in Amerika, nicht ganz frei von der nationalen Prüderie.

Ich mußte wieder zurück nach Los Angeles, als der Kongreß vorbei war, aber ich flog an jedem Wochenende nach San Francisco und machte ihr weiterhin Anträge. Schließlich konnte ich sie davon überzeugen, daß ich erstens kein feiner Herr sei, daß ich nichts dabei fände, wenn ein Mädchen eine Hure sei oder den Mann heiratete, den sie liebte und glücklich genug war, auch von ihr geliebt zu werden, und daß ich, wenn sie mich nicht sofort heiratete, von der Golden Gate Bridge springen würde.

Sie heiratete mich, um mein Leben zu retten.

MAX VAN HAAGEN

## 12   Honey van Haagen

Ich habe gewartet, bis alle anderen ihre Briefe geschrieben und vor der Gruppe vorgelesen hatten, bis ich mit meinem anfing. Ich wußte einfach nicht, wie ich anfangen sollte. Alle haben ihre Briefe mit ihrem Namen und ihrem Geburtsort begonnen. Ich kann das nicht, weil ich meinen richtigen Namen nicht kenne, nicht einmal weiß, ob ich je einen hatte; ich weiß auch nicht, wo ich geboren wurde. Vielleicht ist das eine ganz düstere Geschichte.

Die Schwestern im Waisenhaus sagen, daß sie mich auf den Stufen vor der Tür gefunden haben, und daß man mich in einem Karton ausgesetzt hatte, der eigentlich für Salbei-Honig gedacht war. So stand es wenigstens auf dem Kasten. Und weil sie nicht wußten, wie ich hieß, nannten sie mich Honey Sage. Es hätte schlimmer kommen können... vielleicht »Miss Tampax Extra« oder »Miss Hakle Seidenweich«. Es schien, daß keiner ein dickes, kleines Mädchen adoptieren wollte. Vielleicht spuckte ich Blasen, wenn die Leute mich betrachteten, oder so etwas. So blieb ich im Waisenhaus, bis ich achtzehn war.

Schwester Angelina unterschrieb die Entlassungspapiere, tat das aber mit deutlichen Zweifeln. »Bist du auch ganz sicher, daß du dir in San Francisco Arbeit suchen willst?« fragte sie mich zum viertenmal.

Ich nickte entschlossen. »Erinnern Sie sich noch, als Sie uns einmal mit in den Golden Gate Zoo nahmen? Seitdem bin ich in San Francisco verliebt.«

Schwester Angelina seufzte. »Ja, daran erinnere ich mich allerdings. Du warst sechzehn, und ich meinte schon, ich müßte die Polizei holen, um die beiden Matrosen davon abzuhalten, dich aufzulesen. Sie waren uns den ganzen Tag hinterhergelaufen.«

Ich kicherte. »Die waren aber toll.«

Die Schwester seufzte noch schwerer. »Ja, das waren sie allerdings«, sagte sie mitfühlend, sah aber dann überrascht und verwirrt drein. »Jetzt siehst du, was ich meine, junge Dame. In einer kleinen Stadt wärst du sicherer. Du bist zu ... freundlich für eine große Stadt. Und auch viel zu hübsch.«

»Aber, Schwester, haben Sie uns nicht beigebracht, wir sollten freundlich sein?«

Angelina räusperte sich und beschäftigte sich eingehend mit meinen Entlassungspapieren. »Schon, schon«, murmelte sie und setzte ihre Unterschrift auf das Blatt.

Im Kombiwagen des Waisenhauses fuhr sie mich in die Stadt und besorgte mir ein Zimmer beim CVJM. »Ich habe mit Pater Mahoney von St. Mary abgemacht, daß er sich um dich kümmert und daß du dich täglich bei ihm meldest. Er ist zwar kein Dominikaner, aber das muß schon so gehen, ich fand keinen anderen«, sagte sie ganz ernsthaft. »Nun geh und sei ein gutes Mädchen«, sagte sie, dann schwieg sie, weil ihr anscheinend etwas ins

Auge gekommen war. »Damit wir ganz sicher gehen«, fuhr sie fort, »sprichst du am besten jeden Morgen zusätzlich fünf Ave Maria und jeden Abend fünf Vaterunser, dann wird die Heilige Jungfrau dich beschützen.« Als sie hinausging, konnte ich sie vor sich hinmurmeln hören: »Und wenn ich mich nicht täusche, wird die Heilige Jungfau damit alle Hände voll zu tun haben.«

Ich ging zu dem schmutzigen Fenster meiner zellenartigen Kammer und sah über die Dächer von San Francisco. Ich war frei! Das große Abenteuer Leben hatte begonnen. Ich war frei wie ein Vogel! Eine Taube ließ sich auf dem Fenstersims nieder, warf mir einen weisen, bedauernden Blick zu, ließ etwas fallen und huschte wieder weg. Nun, mir war das egal. Weshalb halten Tauben sich eigentlich für so schlau?

Es war Sonntag. Ich war sicher, daß Pater Mahoney an diesem Tag so mit seiner Messe beschäftigt war, daß ich ihn sicher stören würde, zudem hatte Schwester Angelina sicherlich gemeint, ich solle mich am Montag bei ihm melden. Ich ging hinunter in die Halle, kaufte eine Zeitung und nahm sie mit in mein Zimmer. Als ich die Witze gelesen hatte, sah ich die Kleinanzeigen durch. Meine Güte, da gab es wirklich eine Menge Stellen für junge Mädchen. Der Haken stellte sich allerdings erst dann heraus, wenn man die Anzeigen genau las: Fast überall wurden Vorkenntnisse verlangt. Schließlich fand ich eine ganz kleine Anzeige, die ich zuerst übersehen hatte.

»MÄDCHEN, 18 od. älter, attr., keine Vork. notw., ges. Bühnenagentur Mayer.«

Das war am Brodway. Vom Broadway wußte ich alles. Seit jenem ereignisreichen Zoobesuch hatte ich den Führer von San Francisco genau studiert. Ich konnte mich sogar an den genauen Wortlaut der Beschreibung des Broadway erinnern. »Eine liebenswert altmodische Straße mit pittoresken Häusern. Der Broadway bildet die Grenze zwischen Chinatown und Telegraph Hill. Zu Recht ist er als typisch für den bezwingenden Charme dieser Küstenstadt beschrieben worden.« Der Reiseführer war 1921 erschienen.

Eine Bühnenagentur! Wie aufregend! Natürlich hatte ich nicht im Sinn, mich gleich als Schauspielerin vorzustellen, aber ich war vom Waisenhaus her mit Büroarbeiten vertraut und konnte vielleicht als Bürogehilfin anfangen. Wäre es nicht herrlich, sich mit Akten und Karteikarten zu beschäftigen, und auf einmal geht die Tür auf und Paul Newman oder Rex Harrison kommt herein? Ich konnte den Montagmorgen kaum erwarten. Zu Pater Mahoney würde ich erst gehen, wenn ich meine Stelle schon hatte. Er würde sicher stolz auf mich sein.

Um mir die Zeit zu vertreiben, ging ich ein wenig in der Market Street spazieren und stellte fest, daß Schwester Angelina, die arme behütete Seele, die Gefahren der Stadt viel zu schwarz gemalt hatte. Ja, jedermann war freundlich, besonders die Männer. Sie lächelten, blinzelten oder pfiffen mir zu, einige sagten mir sogar nette Sachen wie »Hallo, Püppchen, kommst du mit auf meine Bude und trinkst was mit mir?« Ich lehnte ihre freundlichen Einladungen ab, weil ich etwas verwirrt war, denn ich wußte nicht, was eine Bude war, zudem hatte ich zufällig keinen Durst.

Am folgenden Morgen nahm ich den Bus zum Broadway. Er kam mir wirklich nicht altmodisch vor, schien aber der richtige Platz für eine Bühnenagentur zu sein. Überall waren Theater. Sie hatten große Leuchtreklamen. »Mädchen! Mädchen! Mädchen! Vierzig schöne Frauen! Nackte Tatsachen! Topless!« Es war ganz klar, daß ein großer Bedarf an Mädchen bestand, so wußte ich, daß ich da an der richtigen Stelle war.

Die Bühnenagentur Mayer war auf den ersten Blick etwas enttäuschend. Sie bestand aus zwei dunklen, schäbigen Zimmern im zweiten Stock eines dunklen, schäbigen Hauses. Eine hübsche, aber ziemlich müde aussehende Frau gab mir ein Bewerbungsformular. Als ich es ausgefüllt und ihr zurückgegeben hatte, las sie es und starrte mich dann an, hatte einen Ausdruck ungläubigen Staunens im Gesicht. »Entschuldigen Sie einen Augenblick«, murmelte sie, als sie in das andere Zimmer ging. Die Trennwand muß sehr dünn gewesen sein, denn ich konnte jedes Wort, das drüben gesprochen wurde, hören.

»Carl, jetzt guck dir das an und sag mir, ob ich träume. Sieh dir bloß mal das Formular an. Ein Waisenhaus! Und sie wohnt noch beim CVJM! Und sieh mal hier unter ›gewünschte Stelle‹ nach . . . Bürogehilfin!! Carl, spinne ich? Vielleicht hat mein Psychiater doch recht . . . bei mir geht's los.«

Ich hörte einige Grunzer, die wahrscheinlich von Carl kamen, der sich erhob und zur Tür ging. In der Tür öffnete sich ein kleines Loch, schloß sich wieder, dann erklang ein leises langes Pfeifen.

»Mr. Mayer wird Sie jetzt empfangen«, sagte die müde Dame, als sie aus dem anderen Büro zurückkam.

Mr. Mayer war ein großer Mann, nun ja, zumindest war er ziemlich breit. Sogar im Zimmer trug er einen Hut. Außerdem rauchte er eine Zigarre. Er hatte freundliche Augen mit runzligen Tränensäcken darunter. Er fing an, mir Fragen zu stellen, aber ich glaube, ich habe sie alle falsch beantwortet, weil er dauernd den Kopf schüttelte und vor sich hinbrummelte.

»Also«, sagte er, »ich kann Sie beim ... Verdammt, das geht einfach nicht. Das kann ich nicht. Das kann ich nicht. Nicht mit einem unschuldigen Kind. Nein. Also, Honey, das werden wir so machen: Ich setze Sie in ein Taxi und bringe Sie zurück zum CVJM. Und dann gehen Sie nicht mehr in der Stadt spazieren und reden mit keinem Menschen mehr, besonders nicht mit Männern. Sie bleiben in diesem Zimmer, bis ich Sie abhole ... vielleicht heute abend.«

»Soll das heißen, daß ich die Stelle bekomme? Oh, wunderbar! Aber ich muß noch zu Pater Mahoney.«

»Nein, auch nicht zu Pater Mahoney. Von diesen Priestern da habe ich auch schon genug gehört. Ich habe nicht gesagt, daß Sie den Job bekommen. Ich will Ihnen nur etwas Ordentliches suchen, wo Sie bleiben können und wo Sie sicher sind, bis ich etwas für Sie gefunden habe.«

Ich verstand ihn nicht, vertraute ihm aber. Immerhin hatte man mir im Waisenhaus beigebracht, Respekt vor dem Alter zu haben, und Mr. Mayer war mindestens fünfzig.

Am Abend holte er mich ab und brachte mich in ein großes Haus am Nob Hill. Im Aufzug fuhren wir in den zwölften Stock, und dann öffnete er die Tür zu einer Wohnung, die so traumhaft schön war, daß ich es gar nicht fassen konnte. Es war ganz genauso wie im Film oder in Anzeigen.

»Hier wirst du eine Zeitlang wohnen, Honey, also mach es dir gemütlich. Aber denke daran, was ich dir gesagt habe: Gehe nicht aus und laß keinen durch die Tür, der Hosen anhat, abgesehen von mir natürlich. Verstanden?«

»Aber was soll ich denn *tun,* Mr. Mayer?« fragte ich verwirrt. »Bringen Sie mir die Büroarbeit her? Ich sehe noch nicht einmal eine Schreibmaschine.«

Er schüttelte den Kopf. »Mach dir keine Sorgen. Das erkläre ich nach dem Abendessen.« Er rief jemanden an, und bald kam eine Menge livrierter Männer, die uns Essen brachten. Es gab sogar eine Art Getränk, das in einem Eiskübel stand, damit es kalt blieb. Das Essen schmeckte viel besser als im Waisenhaus, und das Getränk war köstlich, obwohl es in der Nase kitzelte.

»Jetzt«, sagte Mr. Mayer, nachdem die Männer das Geschirr weggeräumt hatten, »werde ich dir erklären, was du wissen solltest. Ich habe eine Vermittlung für Tänzerinnen und Kellnerinnen, die mit nacktem Busen arbeiten. Die Mädchen verdienen viel Geld, es ist aber auch ein harter Beruf, und sie werden manchmal ganz schön grob behandelt. Du wärest bestimmt eine Riesennummer in diesem Geschäft, aber so mies bin ich auch nicht. Ich werde dich hier unterbringen, bis mir etwas Passendes einfällt. In der Zwischenzeit kannst du es dir bequem machen. Wenn du etwas willst, brauchst du nur zu klingeln.«

»Das ist wirklich wunderbar«, sagte ich, »aber ich verstehe nicht, warum ich Schutz brauche. Was kann mir eigentlich passieren, wo doch jeder so nett zu mir ist?«

»Komm her und setz dich auf meinen Schoß, dann versuche ich, dir die Sache klarzumachen.«

Ich hielt das für nett und väterlich, so kuschelte ich mich auf seinen Schoß und hörte genau auf das, was er sagte.

»Es gibt da ein paar Sachen, die man dir im Waisenhaus offensichtlich nie erzählt hat. Nehmen wir mal an, du bist jetzt mit einem Kerl zusammen, der so freundlich zu dir ist, es aber nicht so gut mit dir meint wie ich. Weißt du, was da passieren kann?«

Ich schüttelte den Kopf.

»Nun, erst einmal würde der miese Kerl dich küssen, so zum Beispiel.« Er preßte seine Lippen auf meine. Es war mein erster Kuß, er gefiel mir gut, obwohl er ein wenig nach alten Zigarren schmeckte. Ich legte meine Arme um seinen Hals und hoffte, er würde nicht so bald mit dem Küssen aufhören.

»Dann«, sagte er, und dabei klang seine Stimme plötzlich rauh und sonderbar, »schiebt er seine Hand unter deinen Rock ... so ... und fängt an, deine Beine zu befummeln ... so. Er geht immer höher, bis er an deinen Höschen ist, dann legt er seine Hand dort hin und reibt an dir ... so wie ich es jetzt mache. Verstehst du, was ich meine?«

Mir wurde die Sache schon klarer. Was er mit mir machte, war herrlich. Ich fühlte mich überall warm und kitzlig, wollte, daß er immer weitermachte. Ich sah schon, daß er recht hatte: es war gefährlich, das einen Mann bei mir machen zu lassen. Ich würde nämlich bald so schwach und zittrig sein, daß er mich zu allen möglichen bösen Sachen verführen konnte, vielleicht zum Zigarettenrauchen oder gar zu schlechten Wörtern. »Dann macht er deinen Büstenhalter auf«, sagte Mr. Mayer, öffnete mein Kleid und nahm mein BH weg, »und wenn deine Brüste nackt sind, küßt der Stinker sie und saugt an den Warzen. Seine Kanone wird immer härter, und bald will er dich ins Schlafzimmer bringen und es mit dir treiben. Siehst du jetzt, warum ich dich nicht in dieser verdorbenen Stadt herumlaufen lassen kann?«

»Hmhm«, murmelte ich, »aber ich glaube nicht, daß ich weiß, was das bedeutet. Zeigen Sie mir das nicht?«

»Da kannst du aber wetten!« antwortete Mr. Mayer vernehmlich. Er brachte mich ins Schlafzimmer und zog mich ganz aus. Dann ließ er seine Hosen fallen, stieg auf mich und zeigte mir, was es bedeutete. Die Vorführung war sehr schön, auch wenn er die ganze Zeit seinen schwarzen Hut aufbehielt. Und wenn ich ganz ehrlich sein soll, es gefiel mir sehr gut, als er mich mit seinem harten, riesigen Ding füllte. Die ganze Zeit küßte er mich oder beugte sich zu meinen Brüsten, um auch dort zärtlich zu sein. Schließlich geschah etwas, das ihn aufzuregen schien, er begann plötzlich auf mir herumzuhopsen, und dieses große Ding bewegte sich sehr schnell in mir, dann kam auf einmal etwas Heißes und Klebriges über meine Schenkel.

»So, das ist es«, keuchte Mr. Mayer, als er endlich aufhörte und schwer auf mir lag. »Verstehst du es jetzt?«

»Hmmm... nicht ganz«, antwortete ich nachdenklich. »Vielleicht, wenn Sie mir es noch ein paarmal zeigen...

»Wofür hältst du mich, bin ich vielleicht Errol Flynn?« fragte er. »Laß mich ein bißchen ausruhen, dann will ich es wieder versuchen, obwohl ich glaube, daß du noch kräftig üben mußt. Wenn ich es bedenke, es ist doch nicht so gut, dich in irgendeiner Bumskneipe arbeiten zu lassen. Besser, du bleibst hier und läßt dich von mir beschützen. Abgemacht?«

»Oh, das würde ich gerne tun«, sagte ich, »es ist

herrlich, wie Sie mich beschützen. Das ist sehr nett von
Ihnen, Mr. Mayer, aber mache ich Ihnen auch nicht zu
viele Umstände?«

»Aber nein, mein Kind, durchaus nicht«, versicherte er
mir. »Ich bin froh, wenn ich helfen kann. Nun, wo wir
uns besser kennen, kannst du mich Carl nennen. Ach ja,
da ist noch etwas anderes, das ich dir zeigen muß. Wenn
du nichts davon weißt, wie kannst du die anderen Kerle
davon abhalten?«

All das sagte er so klug und vernünftig, daß ich mich
fast schämte, so dumm zu sein, aber er war sehr freundlich und sah über meine Unwissenheit hinweg.

Er glitt auf dem Bett nach unten, behielt dabei seinen
Hut auf, legte sein Gesicht zwischen meine Beine und
führte seine Zunge in mich hinein. Von Anfang an hatte
ich gespürt, daß er nett und freundlich war, was er aber
jetzt machte, war das Netteste und Freundlichste, das ich
je erlebte. Es war schön, so dazuliegen und ihn all die lieben Sachen tun zu lassen. Ich bemühte mich, stillzuhal-
ten, aber ich konnte einfach nicht. Es schien ihn nicht zu
stören, als ich anfing, mich zu winden, und schon bald
zappelte ich und wand mich wie eine Schlange, als die
Wärme zu einer ungeheuren Hitze wurde, die meine Nerven vor Glück zum Klingen brachte.

Ich muß wohl ein bißchen verrückt geworden sein,
weil das Bett, das Zimmer und alles andere plötzlich verschwand. Ich lag auf einer rosa Wolke, sah nur noch Mr.
Mayers schwarzen Hut zwischen meinen Schenkeln tanzen. Ich dachte, vielleicht sei ich gestorben und schon auf
dem Weg in den Himmel, aber auch das war mir egal. Es
war so vollkommen, daß ich auf ewig so liegen wollte. Ich
hörte auch Musik, wild, verrückt, durchbohrend süß. Sie

steigerte sich zum Crescendo, zum tobenden, tosenden Finale, als meine Lust sich plötzlich millionenmal vervielfältigte, über meine Fähigkeit, sie zu ertragen, hinaus. Irgendwo schrie irgend jemand vor Entzücken. Dann verlor das Gefühl an Intensität, die Wolke verschwand, ich trieb langsam, ganz weich zurück auf das Bett, der Raum war wieder um mich.

»Jetzt mußt du dafür sorgen, daß niemand das mit dir macht... außer mir«, sagte Carl warnend, »und dir ist doch auch klar, daß ich das nur mache, um dich zu unterweisen?«

»Sicher«, versprach ich, »aber ich bin mir auch sicher, daß ich noch sehr viele Lektionen brauchen werde. Wirst du mir oft etwas beibringen?«

»Sooft ich von meiner Frau wegkommen kann«, sagte er. »Aber jetzt zeige ich dir vielleicht noch ein paar Sachen mehr.«

»O ja, bitte!« rief ich, »fang aber bitte wieder so an wie vorhin... ich meine, zeige mir, wie das mit dem Küssen und Fummeln und so weiter ist. Das hat mir sehr gut gefallen. Solche Kurse sollte es im Waisenhaus geben.«

Zwei Jahre blieb ich in dieser Wohnung, ließ mich von Carl beschützen und unterrichten. Er war so ein netter Mann.

Mir brach fast das Herz, als er mir eines Tages sagte, seine Frau habe einen Privatdetektiv angeheuert, der ihn verfolgte, deshalb mußte er entweder mich loswerden oder seine Frau und seine Kinder. Ich weinte und weinte, zusammen mit Carl, aber wir konnten nichts machen. Er gab mir eine ganze Menge Geld, sagte, er hätte etwas für mich gespart, dann setzte er mich in ein

Flugzeug nach Las Vegas. Er hatte mir einen Brief an einen Freund, der dort wohnte, mitgegeben.

Tony Vecchio, Carls Freund, hatte einen großen Nachtclub und ein Spielkasino. Er hätte mich sehr gerne beschützt, so wie Carl es getan hatte, leider aber hatte auch er Ärger mit seiner Frau. Einige Male beschützte er mich in einem Motel vor der Stadt. Eine Wohnung konnte er mir leider nicht einrichten, so bot er mir eine Stelle als Tänzerin an.

Mit den Tänzerinnen macht man das in Las Vegas ganz vernünftig. Es ist sehr heiß dort, müssen Sie wissen, so trugen wir nur Tanzschuhe und ein glitzerndes kleines Ding an den Hüften. Es machte mir Spaß, zu tanzen, und immer wenn ich auftrat, klatschten die Männer so fest und so lange, daß ich noch einmal auf die Bühne gehen und von vorne anfangen mußte. Als einer der Männer so freundlich war, mir zweihundert Dollar anzubieten, wenn ich die Nacht in seinem Zimmer verbringen würde, fragte ich Tony, ob ihm das recht sei.

»Ja, Kind, nimm es ruhig«, riet er mir. »Das ist eine teure Stadt, und wer so viel Spaß daran hat wie du, der sollte sich auch dafür bezahlen lassen.«

Und im Nu wurde ich mit Angeboten überhäuft, und ich nahm so viele wie möglich an. Auf diese Weise lernte ich die charmantesten und faszinierendsten Männer kennen, aber nach einer Weile erkannte ich, daß das Tanzen doch eine recht anstrengende Beschäftigung war, die sich mit meinem anderen Geschäft nicht so recht vertrug. So gab ich das Tanzen auf. Das andere machte ohnehin mehr Spaß.

Ich nehme an, Max hat recht, ich bin nicht sehr klug. Ich wußte nicht, daß ich eine Hure war, bis ein anderes

Mädchen es mir sagte. Ich fragte mich, was Schwester Angelina sagen würde, wenn sie wüßte, daß Vergnügen und Geschäft mich drei Jahre lang vom Kirchenbesuch abgehalten hatten. Andererseits hatte ich auch nicht vergessen, was Carl über die Priester gesagt hatte. Wer weiß, was die mit einem unschuldigen Mädchen in einer dunklen Kirche anfangen wollten.

Ich war schon ein Jahr lang in Las Vegas gewesen, als ich plötzlich schreckliches Heimweh nach San Francisco bekam, so packte ich ganz impulsiv meine Sachen in meinen Cadillac und fuhr heim. Mein erster Besuch galt dem Waisenhaus. Ich hatte eine sehr große Spende für sie, und sie schienen glücklich darüber zu sein, mich wieder zu sehen. Schwester Angelina sagte ich nicht, daß ich nicht in die Kirche gegangen war.

»Ich weiß nicht, was du gemacht hast, seit du verschwunden bist«, sagte Schwester Angelina, »ich kann es mir aber denken, wenn ich mir das Monstrum betrachte, das da draußen parkt. Na ja, ich will es auch nicht wissen. Ich hoffe nur, daß du gut bist, was immer du auch tust.«

»Ich muß schon ganz gut sein«, sagte ich errötend, »viele Männer haben gesagt, ich wäre die beste . . .«

»Das reicht! Das reicht!« rief Schwester Angelina und hob die Hände. »Ich sollte mit dir schimpfen, aber das habe ich bei dir nie richtig fertiggebracht. Eines ist nur sicher, ganz gleich, was für ein Leben du führst: Du bist noch immer das liebste und netteste Mädchen, das wir jemals hatten. Gott segne dich, und vielen Dank für die Spende.«

Ich nahm mir eine Wohnung in Nob Hill und sorgte dafür, daß meine Telefonnummer sich bei den entsprechenden Stellen herumsprach; so lernte ich Max kennen.

»Du bist das schönste Mädchen, das ich je gesehen habe«, sagte er zu mir, als er die Tür öffnete und mich ins Zimmer ließ. »Darf ich dich küssen?«

Gewöhnlich bitten die Männer eine Hure nicht um einen Kuß, so merkte ich gleich, daß Max anders war und daß er einen besonderen Platz in meinem Leben einnehmen würde. Er war sehr fürsorglich und zuvorkommend, und sehr zart. Nur eine Sache machte er, die ich ein bißchen komisch fand. Er spreizte meine Beine und sah sich meine Muschi an, dabei nickte er zufrieden mit dem Kopf. »Ich hab's gewußt. Du mußtest einfach vollkommen sein, also auch dort. Liebling, machst du *soixante-neuf*?«

»Oh, das Spiel habe ich sehr gern!« rief ich.

»Fein. Wir werden viel Spaß haben. Komm, wir machen das, dann werde ich dir einen Heiratsantrag machen.«

Ich dachte erst, er würde einen Witz machen. Und während ich über ihm kniete und seine schöne große Kanone lutschte, meine Muschi an seinem Gesicht rieb, überlegte ich mir, daß er bestimmt Witze machte, aber das stimmte nicht. Er brauchte lange, bis er damit herauskam, weil er nicht mit seiner Zunge aus mir herauswollte. Er hielt mich einfach fest und leckte und leckte und leckte und ließ es mir immer wieder kommen, bis ich fast zu schwach war, um noch nein zu sagen, als er mich schließlich bat, ihn zu heiraten.

Schwester Angelina war überglücklich, als sie meinen Brief mit der frohen Nachricht bekam, daß ich schließlich doch glücklich verheiratet war. Sie antwortete sofort, erwähnte nebenbei, wie teuer so ein Waisenhaus heutzutage sei und daß die Kapelle renoviert werden müßte. Sie fuhr fort und schrieb, meine Ehe sei ein Beweis für Gottes Güte und dafür, daß er doch Gebete erhörte.

Wenn ich bedenke, wie lieb alle Menschen zu mir waren, wie besorgt, das Böse von mir fernzuhalten, dann meine ich, daß sie recht hat.

HONEY VAN HAAGEN

# Frank Schmeichel

## »... wie die Luft zum Leben«

Wenn Sex zur Sucht wird

Ullstein Buch 35282

Sex: eine der schönsten Nebensachen der Welt? Doch was ist, wenn er zur Hauptsache wird? Wenn nur noch gilt: Befriedigung der Bedürfnisse sofort, ohne Rücksicht auf Verlust von Identität und Bindung? Was ist, wenn Sex zur Sucht wird? »Allein in Deutschland sind rund 500 000 Männer und Frauen sexsüchtig.
Frank Schmeichel veröffentlicht Gesprächsprotokolle von einigen.
Sein Anliegen: Verständnis wecken, Irritationen abbauen ...«

*Penthouse*

 Partnerschaft

# Daniela Bolze

# Bei
# Anruf
# Sex

Liebe mit Callboys

Ullstein Buch 34675

Viele Frauen träumen davon, sich Liebe zu kaufen. Einen Mann, wenn auch nur für begrenzte Zeit, ganz für sich zu haben, sich verwöhnen zu lassen, Abenteuer zu erleben. Einige Frauen wagen, diese Träume umzusetzen. Sie treffen einen der Männer, die in Zeitungen als »männliches Modell für Sie« annoncieren. Die Journalistin Daniela Bolze hat sich in zahlreichen Gesprächen mit Callboys, ihren privaten Partnerinnen, ihren Kundinnen mit diesem nach wie vor tabubeladenen Thema beschäftigt und berichtet sensibel und einfühlsam von diesen Erfahrungen.

Ullstein Sachbuch